書下ろし

隠密家族 日坂《にっさか》決戦

喜安幸夫

祥伝社文庫

目次

一　決戦前夜

一

——吉良《きら》さまはお討たれになり、片岡《かたおか》さまも礒貝《いそがい》さまもご切腹
十八歳になった佳奈《かな》にとって、衝撃はあまりにも大きかった。

霧生院一林斎《きりゅういんいちりんさい》と冴《さえ》は、緊張をいっそう高めた。極月《ごくげつ》（十二月）十五日未明の事変からすでに年が明け、元禄《げんろく》十六年（一七〇三）も如月《きさらぎ》（二月）に入っている。

「父上、母上、行かせてください！」

前の日から佳奈は、一林斎と冴へしきりにせがんでいた。

だからというわけではないが、とくにそこへは一林斎も冴も、

（できることなら、〝一家〟そろって）

との思いがある。

しかしそれは、向後《こうご》に危険をもたらすかもしれない。

大石内蔵助《おおいしくらのすけ》ら四十六士の初七日の法要である。如月の十日がその日だ。

新たな緊張は、永代橋《えいたいばし》で赤穂《あこう》浪士の引揚げを確認したときから始まっている。

(上杉《うえすぎ》の伏嗅組《ふしかぎぐみ》が、いよいよこちらに本腰を入れてくるぞ)

その思いが脳裡をよぎったのだ。まず伏嗅組は、怪しげな霧生院が〝敵方〟に近い存在なのか、それとも単なる町医者なのか、それを見極めることから始めるだろう。

これまでの探索から、霧生院はそのどちらにも見えるのだ。

紀州徳川《きしゅうとくがわ》家の三代藩主綱教《つなのり》は、腹違いの姉為姫《えいひめ》が嫁いだ上杉家当代の綱憲《つなのり》に、異母兄弟の源六《げんろく》こと松平頼方《まつだいらよりかた》の抹殺を依頼した。上杉綱憲は為姫から、紀州藩の徳川綱教を将軍位に就けるためには、

「――松平頼方の存在が障害になる」

と吹き込まれ、上杉家中の隠密集団である伏嗅組がうごめきはじめたことを、一林斎は承知している。

そこへ発生したのが赤穂事件だった。吉良上野介《こうずけのすけ》が上杉綱憲の実父であれば、伏嗅組の主力はその防御と赤穂浪人探索にまわり、源六の近辺から危機は遠のいた。

だが、赤穂事件は終焉《しゅうえん》した。そこに組頭《くみがしら》の一林斎ならずとも、江戸潜みの紀州藩薬込役《やくごめやく》の面々すべてが緊張するのは当然だった。

だが、すぐに魔手の迫ってくることはなかった。

「——やはりあのとき、死んではおりますまいが手傷を……」

冴は言った。伏嗅組差配の猿橋八右衛門《さばしはちえもん》だ。あの日の夜、一林斎ら江戸潜みの薬込役たちは佳奈も加わり、吉良救援に駈けつけようとする伏嗅組を阻止した。その戦いで薬込役はヤクシが腿《もも》に手裏剣を受け、伏嗅組では一人が落命し、幾人かが負傷した。その負傷者のなかに猿橋がいるのを、一林斎は戦いのなかに感じ取っていた。

だが、あの日からすでに二月《ふたつき》近くを経ている。ヤクシの傷はすっかり治っており、伏嗅組の負傷者も手裏剣や飛苦無《とびくない》によるものだ。互いに毒物は使っていない。猿橋の傷も癒《い》えている……。

（来るぞ）

まだその影を確認していないが、一林斎や内儀の冴に娘の佳奈の正体を探ろうと物見《ものみ》の者を霧生院に張りつけているかもしれない。

ならば、

（ここで下手な動きはできぬ）

それが、赤穂浪士の初七日の法要に出たいという佳奈に、

「――ならぬ」

と、きつく言いつづける要因だった。

佳奈の願いを抑《おさ》えながら、一林斎自身にも冴にも迷いはあった。

一林斎が浅野内匠頭《あさのたくみのかみ》の外出時の侍医であり、その関係から片岡源五右衛門《げんごえもん》や礒貝十郎左衛門《じゅうろうざえもん》がときおり霧生院を訪ねていたことも、さらに吉良上野介から信頼され、ときおり本所《ほんじょ》へ鍼療治に出向いていたことも、猿橋八右衛門が知らないはずはない。

とくに佳奈が上野介のお気に入りだったことは、吉良家の用人や腰元たちの周知のことであり、泉岳寺《せんがくじ》から返還された上野介の首を、吉良邸に出向いて胴体と縫合したのも佳奈である。このことからすれば、霧生院は〝味方〟に近い。だが、赤穂浪士を偲《しの》ぶようであれば、逆に〝敵方〟と判断する材料になる。かといって、浅野家とも親交のあった身で、その初七日にもなんらの動きを見せず、まったく町の鍼灸《しんきゅう》療治処としての日常を送るのは、

(かえって不自然)

そのようにも思えてくるのだ。

当日になった。佳奈はまだあきらめていなかった。

かつて夜明けの時分、裏庭の井戸で釣瓶《つるべ》に水音を立てるのは冴の仕事だったが、いまでは佳奈の日課になっている。

（きょうなのに！）

佳奈は一林斎や冴の頑《かたく》なさに腹立たしさを覚え、勢いよく釣瓶を井戸に落とし水音を立てた。

「ほう、きょうはいやに早いなあ」

「あ、父上。まだ夜明け前ですのに」

背後からの声に、佳奈は釣瓶を引き上げふり向いた。いつもなら一林斎が起きるのは日の出のころだが、まだ薄暗いうちに起きるのは珍しいことだ。一林斎も、きょうが赤穂浪士の初七日とあっては、やはり普段より早く目が覚めたのだ。

「佳奈、やはり行きたいか」

訊《き》いたのは、一林斎がまだ迷っているからにほかならない。

佳奈はそこを見抜いたか、

「当然ではありませぬか。なにもせずにきょうも鍼療治に薬湯の調合。世間さまはなんと見ますか。霧生院は、あんな薄情な一家だったのか……と」

「佳奈」

「あっ。つい、言葉が過ぎました」

佳奈は思わず釣瓶を足元に落としそうになった。

「いや、そうではない。やはり、線香を手向けてくるか、佳奈」

「えっ、いいのですか！　トトさまっ」

佳奈は医家の娘らしく、一林斎と冴を父上、母上と称《よ》ぶようになっていたが、ときおりトトさま、カカさまと、かつての呼び名に戻ることがある。

「おまえさま」

一林斎の背後から声をかけたのは冴だった。台所の勝手口から出てきたところだ。朝餉《あさげ》の支度に起きてきて、つい裏庭の会話を耳にしたのだ。肯是《こうぜ》の口調だった。

「カカさまも、いいのですね」

佳奈は念を押し、つづけた言葉は一林斎にも冴にも思いがけないものだった。

「わたくし、高輪《たかなわ》の泉岳寺ではなく、神田《かんだ》川上流の早稲田村《わせだむら》を越え、上落合村《かみおちあいむら》からさらに西へ……」

「えっ、功運寺《こううんじ》？」

冴は問い返し、

「佳奈」

と、一林斎も思わず佳奈の顔を見つめた。

まだ薄暗いなかに、霧生院の〝一家〟三人が裏庭の井戸端で立ち話のかたちになった。珍しいことだ。

神田須田町《すだちょう》が江戸城の東手なら、早稲田村や落合村は西手のしかも町場を離れた野原や林間に村々と田畑が点在する地で、さらに上落合村から西へ……。

霧生院家では、それらの地名を聞いただけで功運寺の名が浮かんでくる。去年の夏場、〝薬草採り〟のいで立ちで、留左《とめざ》を供に行ったことがある。朝早くに出て、帰って来たのはすっかり暗くなってからだった。墓参だった。参る者もなく打ち捨てられたような、吉良上野介の墓がそこにある。

「泉岳寺ではなかったのか」

「はい。かかる日に功運寺へお参りするのも、意義あることかと……」

ずっと思っていたというより、その場でとっさに思いついたのかもしれない。

「佳奈、そなた」

と、一林斎も冴も、その心境を解した。

初七日といっても、泉岳寺に萱野三平《かやのさんぺい》の骨はない。そのようなことよりも、佳奈は具体的な理由づけをしてみせた。

「伏嗅組を、攪乱することになりましょう」

「ふむ」

一林斎はうなずいた。霧生院家の、くノ一としての発想だ。もしこの日、霧生院の者が遠出するのへ尾行がついたなら、伏嗅組が霧生院を見張っている確たる手証《てしょう》となる。そればかりか、赤穂浪士の初七日に敢《あ》えて紀州徳川家とも上杉家とも親戚筋の吉良上野介の墓参りをする。

(霧生院はほんとうに、紀州藩の綱教公に敵対する隠密なのか。われらは、まったく思い違いをしているのではないか……)

猿橋八右衛門は錯乱《さくらん》するだろう。松《まつ》ノ廊《ろう》下《か》事件の日、赤穂藩江戸藩邸から国おもてに発った使者を暗殺しようとして阻止され、討入りの日に吉良家救援に駈けつけようとしたのも妨害され死者まで出した。いずれも暗闇のなかでの闘争で〝敵〟の姿を見ておらず、その正体さえいまだに判らない。一林斎も冴も佳奈も、それら戦いの場で一度も猿橋八右衛門に姿を確認されていないのだ。

おなじ町内に住む遊び人の留左が早朝から霧生院に呼ばれ、

「うひょー。きょう一日、お嬢のお供ですかい」

と、跳び上がって喜び、

「で、なんで功運寺？　泉岳寺じゃねえので？」

やはり疑問を呈するのへ、

「つべこべ言わずに早く支度をしろ」

「へ、へい」

着物を尻端折《しりっぱしょり》に股引《ももひき》をはき、草鞋《わらじ》の紐《ひも》をきつく結んで手には薬草入れの篭《かご》を持ち、いかにも薬草採りのお供といった風情をつくった。薬草入れの篭には、二人分の中食《ちゅうじき》のおにぎりも入っている。きのうの残りのご飯に梅干しを入れ、冴と佳奈がにぎったのだ。

ちょうど日の出を迎えたころだ。留左は佳奈と一緒に霧生院の冠木門《かぶきもん》を出ると、

「それではお嬢、船河原橋《ふながわらばし》で」

と、西方向の外濠《そとぼり》神田橋御門へ、佳奈は北方向の神田川の筋違《すじかい》御門のほうへ歩を取った。

神田川は江戸城の北側でお城の外濠となっており、佳奈はその外濠沿いに神田川がお濠に流れ込む船河原橋まで歩き、そこで留左と待ち合わせ、土手道を一路西へ進むことになっている。一林斎が決めた道順だ。かつて霧生院の〝一家〟が留左を供に功

運寺へ墓参に行ったときも、この道順を取った。

留左が神田橋御門に向かったのは、外濠城内を経て赤坂《あかさか》御門外の町場に住む江戸潜みのイダテンとハシリに佳奈の功運寺参詣を伝えるためである。そのあと、外濠沿いの往還を北へ進み、船河原橋で佳奈と落ち合うことになっている。

知らせを受けたイダテンとハシリは、見え隠れしながら佳奈につき、周囲に伏嗅組の目がついているかどうか調べることになる。

佳奈に、霧生院家が紀州藩の薬込役で、しかも江戸潜みの組頭《くみがしら》であることを話し、さらに療治処の開業と同時に患者第一号となって以来、下働きのように出入りしていた遊び人の留左にも、

(打ち明けねばなるまい)

と、霧生院の秘密を話して以来、実際に仕事がやりやすくなった。符号文字の文《ふみ》ではなく、口頭で内容を告げ赤坂御門外へ使者に立てるなど、それまではできることではなかった。留左もその気になり、ときおり霧生院で顔を合わせていたイダテンやハシリを〝兄イ〟と呼び、他人《ひと》には明かせない役務につながっていることに、秘かな生きがいを感じるようになっている。

しかし役務のすべてを、佳奈や留左に話したわけではない。赤坂御門外には留左だ

けを遣《や》り、佳奈には去年とおなじ外濠城外の北側を行かせたのも、まだ明かせない秘密があるからだ。

イダテンとハシリは、佳奈ではなく留左が一人で赤坂へ来たことを得心するだろう。だが、その理由《わけ》を口にすることはない。仲間内の話題にもしてはならないことが、江戸潜みたちの不文律《ふぶんりつ》になっているのだ。

佳奈と留左が冠木門を出るのを見送り、庭に立ったまま一林斎と冴はホッと息をついた。

佳奈は町娘のいで立ちに着物の裾をたくし上げて帯でとめ、手甲脚絆《てっこうきゃはん》をつけ手には杖《つえ》を持っている。見た目には町娘のちょっとした旅支度だ。だが、ふところには帰りが遅くなったときの用意に提灯と、それに小型の苦無が数本入っている。小型であれば飛苦無になる。

手裏剣の手ほどきは冴から受け、苦無の扱いは一林斎から仕込まれており、手裏剣と飛苦無は佳奈の得物《えもの》となっている。留左に薬草入れの篭を持たせたのは、いずれかで人体検《にんていあらた》めをされたとき、苦無を持っていることに不審を持たれないための用意である。薬草の根を掘り、枝を落としたりするのに、苦無は便利な道具なのだ。

庭に立ったまま、

「おまえさま、わたしたちも一緒に行ったほうがよかったのでは」

「いや、これは佳奈の言いだしたことゆえ」

言ったのへ一林斎は応《こた》え、冴は得心した。行き先を突然変更したのは、それによって複雑に絡み合った衝撃を、

(すべて払拭《ふっしょく》したい)

その気持ちのあらわれではなかったか。それを思えば〝伏嗅組を攪乱する〟など、それこそとっさのこじつけだったのかもしれない。だが、このとっさの理由づけが、現実のものになろうとしていた。

二

佳奈と留左が船河原橋で落ち合ったのは、太陽が東の空にかなり高くなってからだった。西方向から流れてきて江戸城外濠に流れ込んでいるのは、確かに神田川だが土地《ところ》の者は、

「へへん。この水が公方《くぼう》さまのお濠の元になってんだい」

とばかりに、外濠に流れ込む河口の船河原橋から上流へ十丁(およそ一粁《キロ》)ほどの

あいだを江戸川と称し、そこに架かる橋を江戸川橋などと呼んでいる。日本橋に対抗しようとする土地の人々の心意気だが、言うだけあって河口の船河原橋には日本橋や両国橋《りょうごくばし》には及ばないものの、行き交う男女の下駄や雪駄《せった》、それに大八車などの音が絶え間なく響き、けっこう活気に満ちている。

その喧騒のなかに佳奈と留左は落ち合い、

「へへ、兄イたちもきょうの日を知っていやがって、それがなんで功運寺だなんて訊きやがるもんだから」

「えっ、なんて応えたの？」

と、やはり佳奈には気になる。

「へへん。つべこべ言わずに早く支度をしろいって、それが一林斎先生のお言葉でえって言ってやると」

「まっ。それで？」

「伊太《いた》兄イもハシリの兄イも、得心したような顔になりやがったい。さあ、参りやしょう、お嬢」

橋の上なら留左が威勢よく言っても、騒音が声をかき消してくれる。

イダテンもハシリも萱野三平のことは知らないが、

（新たな気分になろうとしていなさる）

と、佳奈の心境を解したようだ。もちろん小泉忠介《こいずみただすけ》ら他の江戸潜みの者たちも、この日の佳奈の功運寺参りを聞けば、おなじように解釈するだろう。

同時に、

（それだけでいいのか）

との思いも脳裡にながれるだろう。だがそれは一林斎と冴の決断にゆだねられており、詮索さえしてはならないことが、江戸潜みたちの目に見えぬ掟《おきて》なのだ。

二人は神田川の川沿いの往還を上流へと歩を進めた。一帯は川の水音が聞こえる白壁の武家地で、留左は佳奈の一歩ななめうしろに歩を取り、篭を持っていなければ遠出の商家の町娘とちょっと与太《よた》った下男のお供といった風情だ。

「うふふ。用心棒、お願いしますよ」

佳奈は笑いながら首をうしろに向けた。町場で美貌の若い町娘が歩いておれば、ちょいと卑猥《ひわい》な声をかけてくる男もいる。簡単な相手なら喧嘩なれしている留左で間にあうが、辺鄙《へんぴ》な地でよこしまな下心でつきまとう輩《やから》がいたなら、佳奈のふところの苦無がモノを言うことになるだろう。

そのような軽い相手よりも、ふり返った佳奈はすばやく後方のかなたに目を走らせていた。

（さすがは）

笑い顔で留左に応じながらも、心中にうなずいた。

さきほど船河原橋で留左のかなりうしろで、往来人や荷馬のあいだにイダテンとハシリの姿をちらと垣間見《かいまみ》たのだ。

二人とも股引に腰切半纏《こしきりばんてん》を三尺帯で決めた職人姿だった。

イダテンは赤坂御門外の町場の長屋で印判師の小さな看板、といっても路地に面した腰高障子に〝よろず印判　伊太〟と書き込んでいるだけだが、実際に印判彫りの仕事をしている。なかなか手先が器用だ。

ハシリは上方《かみがた》から来た同業ということで、そこへ入り込んでいる。国おもての薬込役大番頭《おおばんがしら》の児島竜大夫《こじまたつたゆう》が一林斎の要請に応じ、江戸潜みに加えた薬込役である。

イダテンもハシリもその名のとおり健脚で、東海道《とうかいどう》を走れば飛脚より速い。

留左は、よく職人姿で霧生院へ〝肩こりの療治〟に来る印判の伊太さんことイダテンや新参のハシリが、町場に身を隠している紀州藩の武士だと聞かされ仰天したものである。二人とも変わらぬ職人姿のままだが、このときから留左の口ぶりが〝やい、伊太公〟などから伊太兄イやハシリの兄イに変わったのだ。

さきほど留左の後方にそろっていたのがすぐに見えなくなり、いま前方にイダテンの影がちらと見え、後方にハシリのついてきているのが小さく見える。佳奈と留左たちからかなりの距離を取り、道中潜みをしているのだ。

佳奈たちとハシリのあいだに、おなじ方向に歩を取っている、大きな風呂敷包みを背負った行商人がいるが、佳奈が筋違御門のあたりで気づいた、船河原橋までついて来た天秤棒《てんびんぼう》の棒手振《ぼてふり》とは異なるようだ。

「ほっ。あの橋、江戸川橋ですぜ」

川風を受けながら留左が言った。前後の動きには、まったく気づいていない。佳奈も話題にしなかった。話せば留左ならあたりをきょろきょろするだろう。

「さすが江戸川橋だ。人が歩いていやすぜ」

と、ここまでが江戸川で、河口の船河原橋をのぞけば橋に欄干のあるのはこの江戸川橋だけで、人通りもけっこうある。そのはずで右手になる北方向へ渡れば、江戸市街を離れた地には異様と思えるほど大規模な護国寺《ごこくじ》があり、門前には音羽町《おとわちょう》の街路がにぎわいを見せている。赤坂や四ツ谷、市ケ谷方面からの参詣人は、この江戸川橋を渡って音羽町に入ることになる。

江戸川橋を上流へ過ぎれば、川の名はふたたび神田川に戻り、足元も白壁のつづいた川端の往還というより、土手道といったほうがふさわしくなる。景観も変わり、川の流れと野原に田畑ばかりとなる。

人の足が踏み固めただけのような土手道を進み、

「お嬢、そろそろどうですかい」

篭を両手で持ち上げて見せた。

「そうですね」

言いながら佳奈は空を見上げた。早稲田村はとっくに過ぎており、陽は中天に近づいているものの午《ひる》にはすこし早い。このあたりから川筋を離れ細い畦道《あぜみち》を上落合村に向かうことになる。二人は土手というよりすでに渓流となった川原に下りた。佳奈は草むらに腰を下ろし、

「俺、水を汲んでくらあ」

と、留左は竹筒を手に渓流に下りた。

「えっ」

佳奈が低く声を出したのが、せせらぎの音で留左には聞こえなかった。いつのまに対岸へまわったのか、向かいの灌木《かんぼく》の茂みにちらと見えたのは、確かにイダテンだった。背後の土手道へ目をやった。これまで尾《つ》けてきている影は常に一人だが、それが

ときおり風呂敷の行商人と天秤棒の棒手振とが入れ替わっている。明らかに意図的である。いまはいずれに身を隠したか、どちらも見えない。おそらくハシリが確認しているることだろう。それとも、対岸から見張るイダテンの視界の中かもしれない。

留左が戻ってきた。

おにぎりを頬張《ほおば》りながら、留左は首を背後にまわし、

「おかしいですぜ、伊太兄イもハシリの兄イもまったく追いついて来ねえ。途中でうしろに棒手振みてえのがいたが、兄イたちじゃねえ。俺はいってえなんのため兄イたちに功運寺の参詣を知らせに行ったのかなあ」

『ちゃんと見張ってくれています』

言いかけた言葉を佳奈は呑み込み、

「先まわりして、もう功運寺に入っているのかもしれませんねえ」

「えっ、先まわりって、ずっと一本道だったぜ。ま、兄イたちのことだ。それもありかもしれねえや」

「そうかもしれませんねえ」

佳奈は言いながらふたたび首を背後にまわした。ハシリが行商人や棒手振とぶつかっていないか、そこが心配だった。いまぶつかればイダテンは対岸であり、ハシリが

二人を相手にしなければならなくなる。

(そうなれば、わたしが飛び出さねば)

おにぎりを頬張りながら、佳奈は心中に構えていた。

(イダテンさんはそれを見越して、全体の見通せる対岸に移ったのかしら)

思えてくる。鈴ケ森《すずがもり》の初陣では龕燈《がんどう》を投げつけただけで、両国橋の待ち伏せでも緊張の連続でこれといった働きはできなかった。だが、経験は積んだ。そこに佳奈が学んだのは、薬込役の闘争にはとっさの機に応じた連携があるということだった。それによって各自が動いていた。イダテンが対岸に移動したのは、

(わたしも、いまその中にいる)

誇らしく思えてきた。

「さあ、そろそろ行きやしょうかい」

留左が腰を上げた。佳奈もそれにつづき、周囲に首をまわしたのは留左より佳奈だった。前面にもうしろにも、人の対峙している気配はなかった。

川辺を離れれば、あとは畦道ばかりだ。去年来たとき、一帯は青々とした小田だった。だがいまはまだ如月（二月）とあっては田の荒起《あらお》こしや、土くれを細かく砕く乾《かん》田《でん》返しに鍬《くわ》を振るっている百姓衆の姿を見るだけだった。

上落合村を抜けたとき、佳奈はふと気づいた。さきほどから田の百姓衆とおなじような野良着《のらぎ》の男が尾いて来ている。ちらと見てハッとした。

(あの行商の男ではないか)

確証はないが、体軀《たいく》が似ている。あの風呂敷包みの中は、行商に似せて臨機応変に変装する衣装が入っていたのか。

功運寺に着くまで、野良着姿の交替が一度あった。それは果たしてあの棒手振に姿かたちが似ていて、天秤棒を担いでいた。

功運寺に着いたのは午《ひる》をいくらか過ぎた時分だったが、門前の近くでいつの間にまた川を渡ったのか、職人姿のイダテンを木陰にちらと見た。わざと佳奈に姿を見せたように感じられた。

寺では上野介の墓前に線香を手向けたが、さきほどの野良着姿の一人が、近くの墓石に手を合わせている姿を確認した。合掌だけで線香は手向けていなかった。

庫裡《くり》では寺僧から数日前に元吉良家用人の左右田孫兵衛《そうだまごべえ》が墓参に来て、吉良家養嗣《ようし》子《し》の義周《よしちか》が信州諏訪《しんしゅうすわ》藩にお預けとなり、近いうちに自分も随行して江戸を離れると話していたことを聞かされた。左右田は上野介へ、その報告に来たのだろう。

寺僧の話に、さすがに気丈な佳奈も込み上げるものを感じ、遊び人の留左もしんみりと人の世の無常を感じたようだった。

日帰りであれば長居はできない。早々に暇《いとま》を請《こ》い、功運寺の山門を出たとき、境《けい》内《だい》にあの野良着姿が一人いるのを確認した。

帰りもおなじ道順を取った。件《くだん》の野良着姿がまた交替しながら佳奈の視界に入ったのは数回あったが、それも江戸川橋までだった。

その間、イダテンとハシリの姿を確認したのは一度もなく、船河原橋でハシリが欄干にさりげなくもたれかかっているのをちらと見ただけで、佳奈たちが川沿いの往還から橋に近づいたとき、その姿はもうなかった。このときもハシリは、佳奈に姿を見せるために欄干にもたれかかっていたようだ。

日の入りは船河原橋を渡ってからで、往還を歩くのに提灯の灯りが必要なほどあたりが暗くなったのは、神田の筋違御門に近づいてからだった。

「そろそろ灯りがいりやすねえ」

と、留左がふところから提灯を取り出し、路傍に出ていた屋台で火種をもらい佳奈の足元を照らしたとき、佳奈はなにやら一つ、

(大きな仕事を終えた)

気がした。

いつもは日の入りとともに閉じる霧生院の冠木門はまだ開いており、珍しく掛行灯《かけあんどん》が門柱を照らしていた。

足音で分かるのか、帰りの声を入れるより早く、冴が安堵《あんど》の表情で手燭《てしょく》を手に玄関から走り出てきた。

三

行灯の灯りのなかに、一林斎と冴、佳奈それに留左の四人がそろっている。

「吉良の義周《よしちか》さまは信州へ、左右田さまも随行され……」

きょう一日の報告として、佳奈は功運寺での話からはじめ、

「なんと、おいたわしや」

一林斎も冴も表情を曇らせたが、主題はそこではない。

「伏嗅組と思われる者二名、確かについて来ました」

と、その詳細な報告に、

「えぇえ。あいつら〝敵〟のまわし者で！　それに境内の野良着は、行商や棒手振の変装だったのですかい!?」

留左は驚きの声を上げ、一林斎と冴は、

「うーむ」

「やはりねえ」

と、考え込むような仕草になった。霧生院に、間違いなく見張りがついている。日常にその気配を感じさせなかったのは、さすがに伏嗅組というほかない。

さらにまた、

「えっ。昼めしのとき、向こう岸に伊太の兄イが!?　気がつきやせんでした」

と、そのイダテンとハシリが霧生院の玄関口に、

「掛行灯は下げ、門扉を閉めておきやした」

と、帰着の声を入れたのは、ちょうど留左が驚きの声を上げているときだった。薬込役は武士であっても、変装をしているときはそれにふさわしいもの言いになる。これも日ごろの鍛錬のうちだ。とくにイダテンとハシリなどは、江戸の職人言葉が日常になっている。

居間は六人となり、イダテンとハシリによる新たな報告に入った。

もう留左は驚かなかった。

「間違いありやせん。あの二人はお嬢と留さんが霧生院《ここ》の冠木門へ入るのを見定める

と外濠のほうへ向かい、神田橋御門に入《へえ》って行きやした」

上杉家の上屋敷は内濠の桜田門《さくらだもん》外にあり、いずれから帰るにも外濠の御門を入らなければならない。

「えっ。あっしらが此処《ここ》へ帰《けえ》ったときにゃ、日の入りはとっくに過ぎておりやしたぜ。百姓姿か商人かは知らねえが、それでよく御門を入《へえ》れやしたねえ」

問いを入れたのは留左だった。もっともな疑問である。

筋違御門は内も外も町場が広がっているため日の入り後でも、誰何《すいか》は厳しくなるがすぐに門扉が閉じられることはない。だが、それ以外の御門は外濠でも日の入りと同時に閉じられ、脇門を叩いても特別な認可がない限り通行はできない。

留左の問いには一林斎たちも関心を持ち、薄暗い行灯の灯りのなかに、イダテンとハシリへ視線を向けた。

「百姓姿が脇門を叩くと、出てきたのは門番ではなく身なりのととのった武士でやした。そのまま二人はすんなり門内へ」

武士は上杉家の家中で門番に鼻薬を利《き》かせ、門の叩き方も事前に示し合わせ、それで門番が出るよりも上杉の家臣が出たのだろう。

「まったく、そのように感じられやした」

イダテンとハシリは交互に話した。

「ふむ」

一林斎はうなずき、きょうの報告が終わり霧生院の居間には緊張が増した。伏嗅組が、いよいよ本腰を入れてきたことが明らかとなったのだ。

その緊張のなかに、佳奈が間合いを待っていたようにイダテンとハシリにあらためて視線を向けた。

「船河原橋で行きも帰りもわざとらしく姿を見せましたが、あれはわたしを安心させるためだったのですか」

「さすがはお嬢、そう感じられやしたかい。そのとおりでさあ」

「ならばイダテンさんが、神田川で対岸に移ったのは?」

全容を把握するためだったことは分かるが、訊きたいのはイダテンがその策を取った意図である。

「もしあの二人が襲いかかってきたときは、いかように」

対応するのはハシリ一人でなく、味方の戦力がもう一人、すなわちお嬢がそこにいるからとの答えを、佳奈は期待していた。

「あははは、お嬢。気づきやせんでしたかい」

言ったのはハシリだった。

「襲うなら江戸川橋を越えたあたりから機会はありやしたぜ。その素振りがあの二人にはまったくない。やつらの目的はお嬢と留さんの行く先を見定めるのみと確信したから、イダテンは安心して対岸に渡ったのでさあ」

「えっ」

佳奈は軽く声を洩らし、

「そ、そういえば、きょうはのどかな一日旅でございました」

つくろうように返した。行灯一張《ひとはり》の灯りでは、表情のはっきり見えないのがさいわいだった。

神田須田町から、町々の木戸が閉まる夜四ツ（およそ午後十時）までに赤坂へ入るには、そろそろ腰を上げねばならない時分になっていた。

「きょうのこと、上屋敷にも千駄ケ谷《せんだがや》にも周知させておくように。近いうちにわれらと伏嗅組との決戦があるかも知れぬ。向こうを殲滅《せんめつ》しなければ決着がつかないほどのなあ。このことも慥《しか》と伝えておけ」

「はっ」

「承知」

このときばかりはイダテンもハシリも武士言葉になり、拝命する仕草も相応のものとなっていた。

イダテンとハシリが霧生院で報告をしているころ、内濠桜《さくら》田門《だもん》外の上杉家上屋敷の一室でも、行商人姿と百姓姿が、

「ただいま戻りましてございます」

淡い行灯の灯りのなかに、報告の姿勢を取っていた。なんの飾り気もない、殺風景な部屋である。上座に胡坐《あぐら》を組んでいるのは、いわずと知れた伏嗅組差配の猿橋八右衛門である。

猿橋には、紀州徳川家の綱教《つなのり》に不満がある。腰物奉行の矢島鉄太郎《やじまてつたろう》を通じ松平頼方《よりかた》こと源六の抹殺を依頼しておきながら、頼方の防御がいかなる陣容かまったく知らせてこないのだ。知らせたのは、頼方は千駄ケ谷の紀州徳川家の下屋敷を葛《かずら》野《の》藩江戸藩邸として、そこに住まいしているということのみである。

「ほう、戻ったか。やはり霧生院は行ったのじゃな。で、いかがであった。泉岳寺は人が多く、見分けは困難じゃったろうが、誰かとつなぎを取った手証は？　して、相手の素性は？」

霧生院の誰かが赤穂浪士の初七日法要に出向き、そのなかで仲間とつなぎを取る。もし霧生院が〝敵〟に近い存在であったなら、

（そこから頼方公防御の陣容を探る端緒が得られる）

猿橋は考え、きょう早朝から霧生院に物見《ものみ》をつけていたのだ。その者が日暮れてから帰って来た。なにがしかの成果があったことになる。

「出かけることは出かけましたが、泉岳寺にあらず功運寺にて」

「なんと！　吉良さまの!?」

「はい。しかも出かけたのは一林斎ではのうて娘が一人にて。供の者も出入りの遊び人一人であり、怪しき素振りはこれなく……」

「うーむむ」

行商人姿と百姓姿が交互に言ったのへ、猿橋はうめき声を洩らし、

「かかる日に吉良さまの墓前にとは……。やはり霧生院は浅野家より吉良さまとのつながりのほうが強く、紀州徳川家やわれらに敵対する者ではなかったのか」

つぶやくように吐いた。霧生院の娘が吉良上野介の首を縫合したことからも、納得できる判断である。

「よし、分かった。霧生院に人を割くのは、どうやら無駄のようじゃ。これより千駄

ケ谷に集中する。下駄の歯直しの茂平《もへい》と平太《へいた》へ心せよと伝えておけ。近いうちにわれらの殿（綱憲）が紀州家での茶会に招かれ、わしも随行することになっておる。そのとき新たな下知《げじ》もあろう。それによってわれらは動くこととする。霧生院にはわしが確かめに行くこともあるまい」

「ははーっ」

拝命した行商人姿と百姓姿の二人は、以前職人姿で犬に咬まれて霧生院で療治を受け、探りを入れた吾市《ごいち》と又八《またはち》だった。佳奈がそこに気づかなかったのは、顔が見えるほどに近づかなかったことと、以前の職人姿でなかったためであろう。

翌日イダテンは、千駄ケ谷に際物師《きわものし》のロクジュとトビタを訪《たず》ね、きのうの件と一林斎の近く〝伏嗅組との決戦〟があるかもしれないとの言葉を伝えた。二人は千駄ケ谷の町場の裏手に小さな百姓家を借り、表向きは春には紙のひな人形、夏には蚊遣《かや》り、秋にはスズムシと季節ごとの際物を売る稼業だが、古着屋もやれば八百屋もする。ともかく町々をながす行商人になっているのだ。

トビタは国おもての児島竜大夫の下知で、松平頼方こと源六が参勤交代で江戸入りしたとき道中潜みとして随行し、一林斎に請われそのまま江戸潜みになってからすでに二年になる。すっかり江戸の町衆言葉も身につき、いよいよとの思いが強い。

その日のうちにトビタは下屋敷で憐み粉の調合をする役付中間《やくづきちゅうげん》のヤクシを訪ね、イダテンの用向きを伝えた。それは隠居してから千駄ケ谷の下屋敷暮らしに入った二代藩主光貞《みつさだ》公の腰物奉行をしている小泉忠介に伝えられ、さらにヤクシから赤坂の上屋敷で中奥と奥御殿の使番《つかいばん》をしている中間姿の氷室章助《ひむろしょうすけ》にも伝わるだろう。

イダテンとハシリが上屋敷に出向いて直接伝えなかったのは、屋敷内に潜む氷室に対し、いささかの疑念も周囲に生じさせないための配慮だった。イダテンとハシリが上屋敷のすぐ近くの町場に潜んでいるのは、あくまで火急に備えてのことである。

一林斎は、これまでのように防御ばかりではなく、こちらから仕掛け伏嗅組を殲滅する決意を固めている。それが現在考えられる、源六と佳奈を護るための最も効果的な防御策なのだ。

四

赤坂の紀州徳川家の奥御殿で茶会があったのは、四十六士の初七日から十日近くを経た如月（二月）の下旬だった。

茶会といっても内輪のもので、当主の綱教《つなのり》が姉の為姫《えいひめ》と上杉綱憲《つなのり》を紀州家に招くためのものだった。為姫にとっては里帰りになるが、茶会の目的は探らずとも察しはつく。

その日、陽が西の空にかなり入った時分だった。武士や腰元など、供揃えを百人ほど随えた四枚肩《しまいかた》の権門駕籠《けんもんかご》ときらびやかな女乗物が赤坂の紀州藩上屋敷に入った。隠居の光貞は千駄ケ谷の下屋敷に籠《こ》もったままで、腰物奉行の小泉忠介を名代として挨拶に差し向けた。光貞の配慮である。小泉にとって上屋敷の中奥も奥御殿も古巣であり、家臣や腰元でそっと耳打ちする者は少なくない。

さらにご隠居の名代とあっては、部屋には綱憲と為姫、当代の綱教と弟の頼職《よりもと》がそろう。その場に、末弟であるはずの松平頼方こと源六はいない。端《はな》から茶会に招かれていないのだ。

「――そりゃあいい」

と、頼方こと源六は、千駄ケ谷の下屋敷で喜んだものだった。

小泉忠介は威儀を正し、その席に出た。

光貞からの言葉は、

「為姫も綱憲どのも、健《すこ》やかに過ごされよ」

と、通り一遍のもので、その口上だけで小泉は早々に部屋を辞した。当主の綱教も、それを望むような素振りだった。

しかし小泉は、慥《しか》と看《み》た。小泉忠介が江戸潜みの小頭《こがしら》格であれば、薬込役という名からも組頭《くみがしら》の一林斎ほどではないにしろ、医術に相応の心得はある。

「──よく診《み》るように」

一林斎は事前に、小泉へ下知していたのだ。

奥御殿を辞した小泉はすぐさま、下屋敷から中間姿で随ってきたヤクシと奥御殿の庭を警備していた氷室を、そっと隅に呼んだ。氷室も中間姿であり、はた目には上士が中間に役務で通常の指示を与えているように見える。

低声《こごえ》だった。

「為姫さまと綱教公は、さすがは光貞公のお血筋だ。ご壮健であらせられる。だが頼職さまは日常に意見する者がおらんからだろうなあ。ぶくぶくと太って歩くのさえ億《おっ》劫《くう》なごようすじゃ。源六君より四歳お年上のまだ二十四歳というに、あれじゃ心ノ臓に負担がかかり、なにかの拍子にぽっくり逝《い》ってもおかしくない。上杉家の綱憲公はもともと病弱の質《たち》と聞いておったが、青白く痩せこけ、きょう出て来られたのもお可哀相なほどだ。将来《さき》は短いと診た」

小泉忠介の診立てはきょう中にも、端折られることも誇張されることもなく、霧生院に伝えられるだろう。

奥御殿で茶会が開かれているころ、上杉綱憲に随行してきた伏嗅組差配の猿橋八右衛門は、中奥の一室で綱教の腰物奉行矢島鉄太郎と膝を合わせていた。いかに小泉忠介とはいえ、二人が談合していることは察知しても、内容を聞き取ることはできない。だが、推し量るのは容易だった。

猿橋と矢島は低声で話していた。

「猿橋どの、赤穂事件はすべて終わりましたなあ。ご当家にはご事情もおありだったと聞き及んでおりますが、ここで貴殿の率いる上杉家伏嗅組の主力を、以前お願い致したことに振り向けていただけましょうなあ」

「もちろん、そのつもりでござる。なれど、これまでの仕掛けで気づいたのじゃが、あの仁の周囲には、かなりの防御がなされておりますなあ。その陣容は分かりもうさぬか。たとえば、言いにくいことじゃが、ご当家の薬込役なる集団が、実は味方にあらず、向こうにまわっておるとか」

「うっ」

矢島には痛いところだ。一呼吸、間を置き、

「それはでござる。当家の薬込役はご当家の伏嗅組と同様、当主のみが差配できるものでござって、なにぶん当家には隠居さまがまだ健在なれば……。それゆえ当方は恥を忍び、ご当家の伏嗅組に……」

と、綱教が三代当主として家督を継いだものの、薬込役の差配はいまだ隠居の光貞が握ったままであることを示唆した。

「むむっ」

猿橋は驚きの声を低く洩らした。紀州家の内紛に等しい。

さらに矢島はつづけた。

「なあに、猿橋どの。隠居の光貞公はもう八十近い年勾配《としこうばい》でござる。それよりも、わが殿が柳営《りゅうえい》の上座に座られたなら、幕府においても上杉家は重きをなし、ふふふ、それがしのみならず、お家の伏嗅組は天下人の隠密衆となり、その差配に貴殿が就くことになりましょうぞ」

「………」

「そこでじゃ、猿橋どの」

たたみかけるように矢島は言った。

「お頼みいたしたあの仁は、そろそろ江戸在府が明け再来月の卯月《うづき》（四月）早々に国おもてへ発たれる。その道中にてもかまいませぬぞ」

「うっ」

猿橋はまたうめき声を上げた。頼方こと源六が葛野かあるいは和歌山城下に入ってしまえば、伏嗅組では地の理を得た薬込役にとうてい敵《かな》わないとの、懸念というより恐怖感が猿橋にはある。襲うには道中……あと一月《ひとつき》余である。

奥御殿の茶会の席でも、部屋に当主の綱教《つなのり》と為姫に上杉綱憲《つなのり》の三人だけとなる瞬間があった。為姫がそう仕向けたのだ。その短いあいまに、

「紀州家の栄誉のため、障害になる物がまだ取り除けぬようじゃなあ。なにしろ下賤の出なれば、いかなる邪魔の種になるか分かりませぬぞえ」

声を低めた為姫の言いようも内容も、かつて源六排除の元凶であった安宮照子《やすのみやてるこ》とそっくりだった。

為姫の言葉を受け、当主の綱教はゆっくりと上杉綱憲に視線を向け、

「その儀なれば、上杉どのに要請して久しゅうございますが、いよいよ本腰を入れていただける環境が、整いましたようでございますなあ」

「さようでござろうか。ともかく念のため、家臣に催促しておきましょう」

上杉綱憲は応えた。

その家臣の談合は、すでに別室でおこなわれている。

五

小泉忠介の診立てが霧生院に伝わったのはその日の夕刻前で、すでに療治部屋にも待合部屋にも患者はおらず、佳奈が患家《かんか》へ薬湯を届けに行っているときだった。一林斎は薬研《やげん》を挽《ひ》き、冴はきょう使った鍼の熱湯処理をしていた。

口頭で伝えに来たのは千駄ケ谷のロクジュで、古着の行商人を扮《こしら》えていた。

「そうか、次兄の頼職《よりもと》さまは心ノ臓にご負担が多く、長兄の綱教公はご壮健か。相分《あいわ》かった。そなたはひきつづき下駄爺《げたじい》の茂平と、そのせがれとやらの平太の動向に気をつけておくのだ。変わったことがあれば、すぐに知らせよ」

「がってんでさあ」

と、用件だけでロクジュは帰った。

その報告は、一林斎と冴には深刻なものだった。

西の空に低くなった太陽が、療治部屋の明かり取りの障子をほのかに朱色に染めている。

「おまえさま」

「うむ」

冴は熱湯処理の手をとめたまま、一林斎も薬研をそのままにうなずきを返した。仕事をしながら話せる内容ではない。それに、佳奈にたとえ霧生院の背景を話したとはいえ、まだ話せないこともある。それにロクジュや小泉たち配下の者にも、秘していることがあるのだ。

冴は真顔で言った。

「頼職さまはともかく、綱教公がまだご壮健というのは、いったい……」

「案ずるな。あればかりは対手が壮健であろうと虚弱であろうと、いっこうに関わりはない。効くときには効く、突如としてなあ」

「それにしても、いささか長いのでは」

「うーむ」

と、これには一林斎も考え込まざるを得なかった。

埋《うず》め鍼《ばり》である。

一林斎が機会を得て、増上寺《ぞうじょうじ》門前の料亭で綱教にそれを打ち込んだのは、元禄十二年のことだった。あれからすでに四年の歳月がながれている。

戦国の世から甲賀《こうが》の霧生院家に〝特番〟という代々伝わっている特殊な鍼がある。目を近づけないと尖端が見えないほど細く鋭利に研がれている。それを標的とする人物に鍼療治のふりをして十本、二十本と打ち、ひねって尖端を折ってから鍼を抜く。目に見えないほどの尖端だけが体内に残る。

打ち方はもちろん研ぎ方も刺してから尖端を折る微妙な指の動かし方もすべて霧生院家の秘伝であり、その存在を知る者も霧生院家を除けば代々の紀州家当主と城代家老、それに薬込役の大番頭のみである。しかも埋め鍼は、当主の下知のない限り、打ってはならないのが不文律となっており、いわば紀州藩の極秘の技である。現在《いま》にその技を受け継いでいるのは一林斎ただ一人であり、冴とてそれを研ぐことも打つこともできない。佳奈には、そのような技のあることさえまだ教えていない。一林斎が佳奈に日々伝授し修練を積ませているのは、通常の鍼医としての技のみである。

体内に残った鍼の尖端は筋肉に入り、毎日毎日ほんのわずかずつ心ノ臓の鼓動に向かって移動する。すぐ近くをかすめて外れ、また体内を一巡する鍼もあれば、最初に近づいたときに幾度かの鼓動を経て心ノ臓の皮を刺し、つぎの鼓動でそこを突き破ることもある。

それまで当人になんらの異常もなく日常の生活を送っており、不意に発作を起こし心ノ臓が動きを止める。その死因は、いかなる名医にも判らない。幾本も打つのは、心ノ臓をかすめただけでまた体内を一巡する場合に備えてのことであり、決して外れることはない。すなわち埋め鍼は、極秘の必殺の技なのだ。

ただ、その効果の日時は、打った者にも分からない。壮健であれ病弱であれ、その者のふとした日常の筋肉の動きの積み重ねにゆだねられている。一月《ひとつき》で心ノ臓に達することもあれば半年あるいは一年、二年とかかる場合もあり、ときには十年も経てからぽっくりと死に、埋め鍼が効いたのかどうか判定できないこともある。

源六を葬《ほうむ》ろうとした最初の元凶は、光貞の正室で為姫を産んだ安宮照子だった。妾腹《しょうふく》の子が憎いのは仕方がないとしても、とくに末子《ばっし》の源六を忌み嫌ったのは、〝下賤の出であれば、紀州徳川家に疵《きず》がつく〟からという身勝手な発想からだった。

（——元凶さえ潰《つぶ》せば、源六君の周囲は安泰となる）

一林斎は思慮し悩んだ末、おのれ一人の判断で安宮照子にそれを打った。四月《よつき》で効果はあらわれ、照子は世を去った。

ところが、将軍の座を得るため、身内に〝下賤の血〟の者がいたのでは障害になると、綱教が安宮照子の発想をそっくり受け継いでいた。

綱教のさまざまな仕掛けを防ぐ一方、その身にも埋め鍼を打ったのである。安宮照子のときも含め、一林斎がそれを打ち明けたのは、冴とその父親である大番頭の児島竜大夫だけである。竜大夫は一林斎の行為を是《ぜ》とし、いま国おもてでその効果のあらわれるのを秘かに待っている。

「もう、四年になります」

明かり取りの障子が、夕陽に朱色を帯びてくるなかに、冴はぽつりと言った。

「験《しるし》はきっとあらわれる。それまで、戦いはつづけなければならない」

「はい」

一林斎が応えたのへ、冴は返した。悲痛な力が籠もっていた。佳奈が松平頼方こと源六の同腹の妹であることがおもてになれば、佳奈まで綱教の標的になる。隠さねばならない。母の由利《ゆり》は佳奈を産み落とすなり、安宮照子の放った刺客によって殺された。その場に立ち会った一林斎と冴は、

――死産

と、光貞に報告した。したがって、源六に妹は存在しない。だが、佳奈は霧生院の娘として育っている。しかも十八歳となったいま、美貌であった由利に瓜《うり》二つといっ

てよいほど似ている。赤坂の上屋敷には、国おもてで由利の顔を見知っている藩士や腰元がいるかもしれない。だから一林斎と冴は佳奈を赤坂に近づけず、江戸潜みの薬込役たちも気づいてはいても、話題にはしないのである。

庭に軽やかな下駄の音が聞こえ、明かり取りの障子から声が入ってきた。

「薬草、とどけてきました。往診もしましたが、快方にむかっております」

「うむ、ご苦労だった」

「佳奈。こちらもすんだから、夕餉《ゆうげ》の支度にかかりましょう」

一林斎と冴は返した。

町医者の一家の、どこにでもある情景だった。

六

一林斎の緊張は解けなかった。

上屋敷の奥御殿で茶会のあった翌朝である。

千駄ケ谷のトビタが霧生院に駈け込んだ。居間では一家三人の朝餉がすみ、療治の用意にかかろうかとしていたときで、待合部屋にまだ患者は来ていなかったが、一林斎につづき、冴も佳奈も艾《もぐさ》や薬湯の準備で療治部屋に入っていた。

トビタは縁側から一林斎に視線を向け、諾意《だくい》のうなずきを得ると、

「小泉さんがすぐに知らせ、下知をもらってこい、と」

前置きし、療治部屋に入るなり話しはじめた。さきほどの視線は、佳奈お嬢の前で話してもいいかとの問いかけだった。

内容は、松平頼方こと源六のお国入りが卯月の初旬と決まり、

「きのう夕刻に、柳営よりさようにいたせと、お達しがあったとのことでさあ」

町衆言葉でトビタは話す。

一林斎が緊張したのは、それが源六の意志ではないという点だった。参勤交代で源六が江戸入りしてから二年が経つ。当初は掟法どおり、一年で国帰りの予定だったが、松ノ廊下の事件が発生し、

「――この行く末、幕府を揺るがすかもしれんぞ」

と興味を示し、一年先延ばしにしたのだ。こういう自儘《じまま》ができるのは、源六が徳川御三家の血脈につながり、しかも綱吉《つなよし》将軍のお気に入りでもあったからだ。

「柳営より、さようにいたせ……か」

「へえ。小泉さんは、そこんとこを落とすな、と」

トビタの言葉に、一林斎は無言でうなずいた。

源六がみずから決めたのなら、その段階で霧生院に連絡があるはずだ。そうではなく、柳営からの下命で決まった。

考えられるのは、綱教が綱吉将軍に、

（働きかけた）

ことである。御三家のよしみで、雑談などのおりにさりげなく話題にし、〝そうせい〟の言葉を引き出したのだろう。綱吉にすれば軽い雑談のなかでのことだろうが、いったん将軍の口から出れば、それは〝ご下命〟となる。

上杉家の伏嗅組がふたたび一つのことに専念できるようになったのを機に
（綱教公は積極的に出た）

矢島鉄太郎の入れ知恵かもしれない。

（道中で襲う）

小泉もそれを感じたからこそ、トビタを霧生院に走らせたのだ。

推測は当たっていた。赤穂事件に一段落がついたところで、綱教は綱吉将軍とくつろぎのひとときを持ち、松平頼方の参勤交代を差配する言質《げんち》を取り、そのうえで内輪の茶会にいどみ、姉と結んで上杉綱憲に催促し、矢島鉄太郎を通し猿橋八右衛門に道中で襲うように示唆したのだった。

「うーむ。戦場《いくさば》は街道筋すべてとなるか」

一林斎はうなった。広いばかりでなく、どこでどう仕掛けて来るか、敵の策が読みにくい。しかも相手は伏嗅組である。少人数でいずれかの峠《とうげ》か林道《はやしみち》で、火縄銃か弓矢での策を取るかも知れない。弓なら、毒矢になるだろう。未然に防ぐには、膨大な数の道中潜みが必要となる。しかも攻防戦の主導権は、襲う側に握られたまま推移することになる。敵の動員人数は判らないが、圧倒的に不利だ。

「われらが動くのは、行列ご出立《しゅったつ》の日時が決まってからだ」

現時点では、そう言うしかない。

「分かりやした」

と、風呂敷包みを抱え込んだトビタに、

「くれぐれも下駄爺によろしゅうな」

「へえ」

トビタは返した。まったく町衆の、なんの変哲もない会話のようだ。となりの待合部屋に患者が入ったのだ。いつも鍼を打ちに来る町内の婆さんだ。奇妙な会話は聞かせられない。伏嗅組の茂平と平太の動きに注意し、くれぐれも自分たちの素性を覚られぬようにと指示を与えたのだ。

「おや、行商さんがまた朝早うから。あたしが一番乗りかと思うたに」

「いやあ、商いのまえにちょいと足腰の調子をと思いましてな」

トビタは待合部屋から縁側に出て草鞋《わらじ》の紐《ひも》を結び、

「具合の悪いところがあったら、またおいでなさいな」

「へえ」

冴の言葉を背に古着の行商人が冠木門を出て、

「お婆さん、どうぞ」

佳奈が待合部屋に声をかけた。


この早朝の件が霧生院一家でふたたび話されたのは、陽が西の空にかたむき療治部屋にも待合部屋にも患者がいなくなってからだった。

療治処をしばらく閉じ、一家を挙げて道中潜みに出るか、それとも一林斎だけが出るか、これから話し合われることになるだろう。まだ一月《ひとつき》あまりの余裕がある。

薬草を整理しながら、佳奈は言った。

「源六の兄《あに》さん、可哀相。お大名なんかになったばかりに」

遠慮のない、心からの声だ。佳奈にとっての源六は、あくまで松平頼方などはおらず、いつも武家屋敷のほうから走って来ては一緒に和歌山城下の川原や野原、海岸を泥にまみれ駈け巡っていた、幼少のころの不羈奔放《ふきほんぽう》な兄《あん》ちゃんなのだ。

夕餉の場でも佳奈はまじめな表情になった。

「浅野さまのときは、母上とわたしが腰元に化け、ご城内の伝奏屋敷へ薬湯を煎じに行こうとしました」

思い出される。あの日の早朝、内匠頭の体調がおかしいからと、萱野三平が二人分の腰元衣装を持って霧生院まで迎えに来たのだった。

「あのときは、間にあいませんでしたねえ」

冴がいまなお無念を含んだ、重苦しい口調で応じた。

佳奈はつづけた。

「だからこたびは、最初から腰元になって……」

（うっ）

一林斎は内心うめいた。それも道中潜みの一つだ。しかも行列のなかに入っておれば、内通者がいても防ぐことができよう。だが、

（断じてできない）

松平頼方こと源六が綱吉将軍から越前丹生《にう》郡に葛野《かずらの》藩三万石を賜《たまわ》ったとき、光貞が家臣の多くを紀州徳川家から工面した。そのなかに由利の顔を見知っている者のいることは、充分に考えられる。危険度は高い。

「道中潜みとはなあ、佳奈。あくまで姿は現わさず、その一行を護り抜くことだ」

「でもお」

佳奈は不満顔になった。

それだけではなかった。

一林斎はこれまで江戸潜みの役務を、

「——藩邸外にあって、藩に仇《あだ》なす者を見つけ出し駆逐することだ。それゆえに潜みというのだ」

そう説明し、佳奈は納得し、

「——へぇえ、まるで忍びの逆手を取るような役柄なんでやすねえ」

と、留左も使い走りの域を出ないまでも、その一角へつらなることに武者震いしたものである。

だが、佳奈は言った。

「なにゆえ源六の兄さんは、命を狙われますのじゃ。なにゆえ上杉の伏嗅組が、かようなところへ出て来ますのじゃ」

道中潜みの話から、その根本に佳奈の問いが向かうのは自然のことといえた。これまでは従順に霧生院が〝敵〟とする対手が、自分にとっても〝敵〟だった。だが、それだけではもう得心しない。佳奈の問いはつづいた。

一林斎と冴にとっては賭けだった。

十日ほどを経て月が弥生《やよい》（三月）に入った初旬、松平頼方こと源六の行列の江戸出立《しゅったつ》が日一日と近づくなか、療治を終え〝一家〟三人そろい夕餉となった場で、

「おまえさま」

と、冴にうながされ、一林斎は語った。部屋にはまだ行灯を必要としない、充分な明るさがあった。

「源六君はなあ、いつか話したろう、さる高貴の血筋のお人でなあ」

佳奈はうなずいた。以前、一林斎と冴はそれを話し、それでいまは三万石の大名になった……と。さらにつづけた。

「もうおまえにも分かるだろう。大名家には血筋を絶やさぬため、側室という者がおる。なかにはそれを幾人も置いているお家もあってのう」

「はい」

佳奈はうなずいた。

「そうした側室のなかには、必ずしも高貴の家柄ではなく、城下の民百姓のなかから見出された者もおってのう。その腹から生まれた子を、お家の名誉に関わるというて亡き者にしようとする者もおってのう」

「ま、そんな！　間違《まちご》うております。生まれた子が邪魔だなど！」

佳奈は産婆もしている冴の代脈《だいみゃく》で幾度もお産に立ち会い、いまでは自分一人でも産婆をこなせるほどになっている。

「そうじゃ。さような考えは間違うておる。下賤の身だからなどというて」

一林斎の口調には熱がこもった。

「えっ、下賤の身？　無体な！」

「そうです。無体です」

佳奈の声には熱が入り、思わず間合いを埋めた冴の声も、心底からのものだった。

「ならば、ならば父上、母上。その〝下賤の身〟とやらで、源六の兄さんは命を狙われておりますのか！　誰じゃ、だれがさような無体を！　それに兄さんの母者人《ははじゃびと》は、どんなお人なのじゃ」

佳奈は返答を求め、一林斎と冴の顔を交互に見つめた。

一林斎は返答に困った。だがこうした場合、女のほうがいさぎよく大胆なのかもしれない。あるいは、由利の名を出さないための、とっさの策だったのかもしれない。

「佳奈」

冴は言った。

「その無体な人とは、紀州徳川家のご当代、徳川綱教さまです」

「えっ」

佳奈は驚きの声を上げたが、得心できるものはある。その血脈なら、三万石の大名になっていても不思議はない。それに、霧生院家はかつて和歌山城下に住まいし、薬込役は紀州家の隠密組織なのだ。

「それなら、それなら源六の兄さんの命を狙っているのは、紀州家の殿さま！」

「そうじゃ」

ようやく一林斎も応えた。

「ならばトトさま、徳田《とくだ》の爺《じじ》さまは、いかなるお人か」

佳奈は身を乗り出し、膝が膳に当たって味噌汁がこぼれそうになり、

「あぁぁ」

冴が声を上げた。味噌汁に対してだけではない。部屋はこれまでになかった、言い

知れない緊張に包まれはじめたのだ。

一林斎は応えた。

「紀州家の血脈につらなるお方でなあ、源六君を不憫《ふびん》に思うて、それでご自身も一緒に紀州家の下屋敷に住まわれておるのだ。だから、紀州家の下屋敷が嶌野藩の江戸屋敷のようになっており、儂《わし》らはそれを護っておるということじゃ」

佳奈は無言でうなずいた。一林斎と冴の話の一つ一つに納得がいく。源六の背景にようやく得心し、徳田光友《みつとも》と名乗る紀州家ゆかりの隠居と内藤新宿《ないとうしんじゅく》の鶴屋《つるや》で会い、そこで源六と十一年ぶりに会ったことも、すべて納得できる。

この一連の話は、佳奈を謀《たばか》っているのではない。薬込役が現在も光貞の差配下にあり、源六を護るのが光貞の下知であることも、紛れもない事実なのだ。

ただ、そのさきを秘しただけである。そのさきとはすなわち、ご隠居の徳田光友が紀州徳川家の先代藩主・徳川光貞であり、源六がその実子であって、そして佳奈が源六とは同腹《どうふく》の実の妹であることとだ。

居間の納戸《なんど》の奥には、その証《あかし》として内藤新宿の鶴屋で一林斎が光貞から預かった、葵《あおい》のご紋章入りの脇差と印籠が保管されているのだ。

（ふーっ）

一林斎と冴は、胸中に大きな息を洩らした。安堵の息に近かった。話すべきを話したからだ。それに、佳奈が大筋に得心し、源六の母者人についてしつこくは訊かなかったからでもある。

佳奈は落ち着きを取り戻し、

「徳田の爺さまにまた会いたいものです。もちろんそのときは、源六の兄さんも一緒に。あっ、部屋がもうこんなに暗くなって。わたし、行灯に火を入れてきます」

座を立って台所に向かい、戻ってきて部屋に灯りが入ると、

「あらあら、まったく箸《はし》が進んでおりませぬ」

「おぉ、そうじゃったなあ」

笑いが座に洩れ、冷たくなった膳に三人の箸が動きだした。

そのなかに佳奈は、

「だからですよ、わたし一人でもかまいませぬ。腰元に化けてお行列に。腰元衣装なら、萱野さまにご用意していただいたのがそのまま残っておりますゆえ」

「あはは、佳奈よ。それもいいが、われらは薬込役ぞ」

と、これだけは譲れない。

「でもお」

「あのご衣装は、萱野さまに代わって泉岳寺へお参りに行くときに着れば。そのときはわたしも腰元になって参りましょう」

「そうですねえ。なぜか初七日のお参り、逃《のが》しましたからねえ」

冴が言ったのへ佳奈は応じた。

とまりかけた三人の箸が、ふたたび動きはじめた。

七

埋め鍼はいつ効くのか。綱教のあとに、源六抹殺の元凶となる者は見当たらない。為姫の嫁いだ上杉家は単なる助っ人に過ぎず、次兄の頼職はあまりにも頼りなく、紀州徳川家の家督を継いでもお飾りにはなろうが、次期将軍を狙うなどおよそ考えられない。そこにようやく松平頼方こと源六の平穏は得られる。

しかし、いつになるか分からない効果を待つあいだにも、伏嗅組との決戦の場となる、源六の行列出立はあと一月《ひとつき》足らずに迫っている。

ただ、旅支度だけでその日を待っていたわけではない。

「――こたびは、われら江戸潜みの総力を挙げる」

一林斎は決意を固めている。そうしなければ、あまりにも不利な状況で源六を護り切ることはできない。

「お犬さま対策に憐み粉だけでは足りぬ。道中でも調合し、撒き方も往来の者に覚られてはならず、それなりの備えが必要ではござらぬか」

藩邸内で小泉忠介が働きかけ、下屋敷で憐み粉を調合し、上杉家にも伝授して伏嗅組の幾人かの顔を見知っている役付中間のヤクシと、上屋敷でヤクシから憐み粉を受け取り、奥御殿に運んでいる使番《つかいばん》中間の氷室章助が、紀州藩江戸藩邸のお役目を暫《ざん》時《じ》離れ、頼方の行列に加わることとなった。

光貞の腰物奉行の小泉忠介も、

「わしの遣《つか》いでちょいと紀州に走ってくれ。おお、そうじゃ。頼方の行列がもうすぐ江戸を発つ。そこに加われ」

光貞が紀州藩士らの前で下命し、きわめて自然に頼方の行列へ入ることとなった。

赤坂の町場の印判師イダテンとハシリは、

「近いうち、ちょいと二人そろって上方へ修業に帰りやすので、そのときは留守をよろしゅう頼みまさあ」

と、長屋の住人らに話せば、

「そういやあハシリどんは上方の人だし、伊太さんも確かそうだったねえ」

と、これも自然に江戸を離れるかたちをつくり、千駄ケ谷の町場に際物師として潜むロクジュとトビタも、

「近いうちに江戸物古着の行商と新たな仕入れに、幾日か留守にしますんで、ご心配なさらんように」

と、となり近所の住人に声をかけていた。

伏嗅組で下駄の歯直しの暖簾《のれん》を千駄ケ谷の通りに出している、茂平と平太の自称親子とも言葉を交わし、

「ほう。幾日もって、大量仕入れかね。で、どちらへ」

「日光《にっこう》街道をさ、ちょいと参詣もかねてよう」

「そりゃいい。これからの季節にはぴったりだ」

などと話していた。下駄爺の茂平も若い平太も、まったくロクジュとトビタを疑っていない。

どうするか決まっていないのは霧生院だけだった。

佳奈は、行列に加わることは潜みの性質からあきらめたものの、道中潜みには出るつもりでいる。鈴ケ森と両国橋の戦いでは、足手まといではなかったが仲間とおなじ

ような軽快な働きはできなかった。

「こんどこそは」

と、力んでいる。

それに功運寺参詣のおり、イダテンとハシリから一人前として見られていなかったことが、悔しくて仕方がない。そのため手裏剣や飛苦無の鍛錬に、いっそう精を出すようになっている。

冴も出陣し〝一家〟挙げてとなれば、これまで留左を留守居に〝薬草採り〟に出かけたことはあるが、いずれも日帰りだった。幾日かかるか分からない〝薬草採り〟に、周囲から不審に思われず出るにはどうすればいいか。冴を残し留左を下働きに療治処を開いておくのも選択肢の一つだが、それでは戦力が一人減る。来《きた》るべき決戦に一人でも欠けるどころか、逆に一人でも多く欲しいところだ。

思案の定まらないなか、弥生もなかばを過ぎたころだった。

「ちょいと天秤棒を担いで慣れない力仕事をしたもんで、すっかり首を痛めちまいやして」

と、小柄なトビタが首をさすりながら、霧生院の冠木門に入って来た。

火急の用なら〝痛《いて》てててっ〟と急患を扮《こしら》え庭からいきなり縁側を這《は》って療治部屋に入るのだが、

「へい、ごめんなすって」

と、首をさすりながら待合部屋に入った。いつもの状況報告のようだ。

千駄ケ谷の町場に根を下ろしている下駄爺の茂平と平太のところには、ときおり武家姿の者が訪ねてくる以外、人数が増えたということはない。猿橋も一度顔を見せたことがあるが、紀州藩下屋敷の周辺の地形を調べることもなく、

「――来てすぐ帰《けえ》りやしたよ」

まえに来たロクジュは報告していた。やはり伏嗅組は下屋敷を襲うのではなく、大名行列に仕掛ける算段のようだ。

「おやまあ。若いのに首を痛めるとは、なにを担ぎなさったね」

「へえ、石でさあ。道普請《みちぶしん》の」

待合部屋から、腰痛の婆さんに訊かれトビタの応えているのが聞こえてくる。

順番がまわってきた。次の患者を呼ぶ佳奈の声に、

「へい」

トビタは立ち、首をさすりながら療治部屋に入り、うしろ手で板戸を閉めると首か

ら手を離し、

「ちょいと重いもので」

と、その場に腰を据えた。待合部屋には、トビタのあとから来た町内の患者が三人ほど待っている。療治部屋では一林斎が、

「どれどれ」

「へえ、このあたりで」

「ならば、佳奈」

「はい」

「ちょ、ちょっと待ってくだせえ」

声は待合部屋にも聞こえている。仕切りは板戸一枚なのだ。

佳奈が笑いながらほんとうにトビタの肩に灸を据える用意を始めたのだ。

「必要じゃ」

「へ、へえ」

一林斎に言われ、トビタは観念したように本物の灸を据えられる患者になった。

煙と灸の香が漂いはじめたなかにトビタは声を落とし、

「千駄ケ谷のご隠居が是非また会いたい、と」

「えぇえっ、ほんとう！」

これには佳奈が思わず声を上げ、横で冴が、

「しーっ」

口に指をあてた。

トビタは低声でつづけた。

「ご隠居よりも、若が望んだことのようで」

「まあ」

また声を上げそうになったのを、佳奈はこらえた。

「あちちちちっ」

ほんとうに灸が効いてきた。こればかりは本物で、悲鳴は待合部屋にも聞こえている。だから一林斎は〝必要〟と言ったのだ。

本物のうめき声のあいまに、トビタは低く日時や場所を告げた。

つなぎは終わり板戸を開けると、療治部屋から灸の香が待合部屋にもながれ、こんどはほんとうに肩や首をさすりながら出てきたトビタに、

「なんだね。若い者がお灸くらいでだらしがねえ」

「そうそう。身も世もないような大きな悲鳴だったなあ」

年寄りがからかうように声をかけ、

「へえ、つい大きな灸だったもんで」

トビタは照れるように返した。

療治部屋では佳奈が有頂天になっていた。

その横で一林斎と冴は、トビタが〝ちょいと重いもので〟と言ったとおり、緊張に表情を引き締めていた。絶対に血脈を秘しておかねばならない父娘と兄妹が、一堂に会するのだ。

八

その日は来た。トビタが訪《おとな》いを入れてから三日目だった。場所はいつもの内藤新宿の鶴屋である。朝のまだ暗いうちから佳奈は起きだし、朝餉をすませると珍しく丹念に薄化粧を始めた。

「娘はこうあらねばなあ」

いつもなら化粧など興味を示さず、たすき掛けで裏庭に出て手裏剣をひとしきり打ってからそのまま療治部屋に入るところを、娘らしく手鏡を文机《ふづくえ》に立て、その前に座っている。一林斎は〝父親〟らしく目を細めたが、心中に緊張は隠せない。冴も薄く化粧はしたが、佳奈のようにいそいそとしたようすではない。

きょう一日の留守居を仰《おお》せつかった留左が来るなり、

「うひょー」

声を上げた。薄化粧で楚々《そそ》とした佳奈など見るのはめったにないことだ。

二人は薄紫色の矢羽模様の着物で、萱野三平が用意したあの腰元衣装だ。そこに冴は薄茶色の帯を締め、佳奈は草色に紅の花模様の帯だった。さらに冴は髷《まげ》に鼈甲《べっこう》の櫛《くし》を挿《さ》し、佳奈の髷には紅い珊瑚《さんご》の簪《かんざし》が目立っていた。松ノ廊下以来、心労の重なる上野介の鍼療治に本所の吉良邸へ〝一家〟そろって出向いたおり、上野介から賜《たまわ》った品である。

綱吉将軍の生類憐みの令を嫌悪するのは、紀州徳川家の秘かな政道となっているが、さらに光貞と源六は赤穂事件の稚拙《ちせつ》な措置に批判的で、むしろ浅野家に同情的な言動のあったことを小泉忠介から聞いている。だが、櫛と簪を賜ったとき部屋に同座していた養嗣子の義周《よしちか》は、佳奈にとってもそうだが、源六にとって甥《おい》っ子にあたる。

そうした複雑な関連性から、両家ゆかりの腰元衣装に髪飾りを挿して行くのも、

「――意味なしとは言えぬかのう。むしろ、意義あることかもしれぬ」

二人が居間で身支度をととのえているとき、一林斎は言ったものだった。

その華麗な美しさに、

「そ、それでほんとうに薬草採り!? どこへでやすね」

「留、早う駕籠を呼んでこい」

「へえ」

目を丸くして訊こうとしたのへ一林斎に叱責されるように言われ、冠木門を走り出た。まだ早朝の時分では神田の大通りでも駕籠は拾えず、隣町に一軒ある駕籠屋まで行かねばならない。その留左の背を見送るように、一林斎は冠木門を一歩出た。

留左が走ったのとは逆の角に、ちらと職人姿が見えた。ハシリだ。瞬時にうなずきを交わした。

留左が駕籠二挺を連れて戻ってきた。乗るのは冴と佳奈で、一林斎はいつもの絞り袴《ばかま》風の軽衫《かるさん》に筒袖《つつそで》といった身軽な衣装に羽織を着け、腰には長尺の苦無を提げている。冴も佳奈も駕籠の中で薬籠を膝に載せ、高貴な屋敷か裕福な商家へ往診に出向くかたちを取っている。一林斎が駕籠に乗らず伴走するのは、周囲に目を配るためだ。

一行は神田橋御門を入り外濠城内を四ツ谷御門に抜け、甲州街道を内藤新宿に向かう道順を取った。神田から内藤新宿に向かう最短距離だ。

町場から神田橋御門に入るとき、すでに往来人の出ているなかに一林斎は職人姿とすれ違った。イダテンだ。イダテンの無言で軽くうなずくような合図を、一林斎はおなじ仕草で受けた。ハシリのときもそうだった。

——見張り、尾行の者、ともにおらず

との合図だ。

駕籠が外濠城内を抜け、四ツ谷御門外の町場に出たときには、太陽がすっかり高くなり、荷馬や大八車の往来するあいだにトビタの職人姿があった。おなじ合図を送ってきた。駕籠は通り過ぎ、四ツ谷の大木戸を抜けた。そこはもう内藤新宿である。宿場であると同時に甲州街道を経て江戸に入る物資の集散地でもあるため、通りには荷馬や大八車が多い。その荷馬と荷馬のあいだからひょいとのぞいたのはイダテンの顔だった。またおなじような合図を交わす。

さすがに俊足のイダテンとハシリだ。夜明けのころから赤坂から来て神田左門《さもん》町の周辺を見張り、町駕籠二挺と一林斎が霧生院の冠木門から出てくると、その前後に付かず離れず、また脇道にも入り、伴走しながら伏嗅組の目が張りついていないか見張っていたのだ。

どうやら猿橋八右衛門は、吾市も又八も霧生院に張り付けていなかったようだ。

内藤新宿の通りは、昼間は馬糞と人足たちの汗の臭いが充満しているが、日の入りとともに一変し、派手な提灯にあちこちの張見世《はりみせ》の格子窓からは競うように灯りが洩れ、お仕舞（化粧）をすませた妓《おんな》たちの白粉《おしろい》の香がただようなかを素見客《ひやかし》たちのそぞろ歩く街となる。

いまは昼間である。荷馬と大八車と人足たちのなかへ、一林斎と二挺の町駕籠は安堵とともに入り込むことができた。

枝道に入り、表通りの喧騒は消えた。

料亭の鶴屋は内藤新宿の街並みの最も奥まった、玉川上水に沿った閑静な一角にある。門前で駕籠が駕籠尻を地につけるなり、すでに話が行っていたのか玄関から女将《おかみ》と仲居が走り出てきた。

「おまえさま」

垂《たれ》を上げた冴に、

「大丈夫だ。さ、中へ。佳奈も」

一林斎は冴と佳奈を急かした。いま駕籠の通った枝道に、源六の姿がちらと見えたのだ。一林斎もすかさず冴と佳奈につづいた。

この動きに源六は気づかなかったようだが、供の者で気づいた者が一人いた。紺看板に梵天帯の中間姿で挟箱を担いでいるヤクシだ。供といっても源六は人小を帯びているが着ながしの落とし差しで、護衛の葛野藩士が二人に中間のヤクシのみで、お忍びというよりいずれかの若侍がふらりとおもてに出ただけの風情だ。

松平頼方こと源六が江戸在府となったとき、一林斎や冴が最も苦慮したのは、源六が頻繁にお忍びで市中に出歩かないかといった点だった。この二年間、そうした奔放さを源六は封印していた。

「——源六君……成長なされましたねえ」

「——さよう。自分の立ち位置を自覚しておいでじゃ」

冴と一林斎は、秘かに話し合ったものである。

それは同時に、伏嗅組にとっては、

「——聞いていた話とようすが違うぞ」

と、肩透かしを喰ったようなものであった。

江戸市中で、襲う機会はなかったのだ。

源六は玄関に入り、式台で待っていた一林斎に、

「おぉお、久しい」

懐かしさを見せたものの、

「佳奈はもう奥に入っておりますぞ」

聞かされるなり女将や仲居の案内も待たず、

「佳奈！　佳奈！」

廊下を奥へ走り込んだ。その姿は、一林斎に見守られ和歌山城下を佳奈と駈けめぐっていた姿そのままであった。

苦笑しながらその背を見送る一林斎に、

「下駄の平太が尾いて来ました」

ヤクシが耳打ちした。

一林斎は無言でうなずいた。ふらりと屋敷を出た若侍に、伏嗅組の平太が尾いて来た。すでに伏嗅組は源六の顔を承知し、常に見張っているということになる。

しばらくしてから、町駕籠が鶴屋の前に駕籠尻をつけた。光貞だ。光貞も私的なときは供揃《ともぞろ》えつきの権門駕籠などには乗らず、町駕籠でふらりと出かける。衣装も着ながしで煌《きら》びやかさはなく、これもまた屋敷の老藩士がちょいと近くへ外出といった風情だ。供の武士も数名で、そのなかに小泉忠介がいた。玄関に入ってから、これも一林斎にそっと耳打ちをした。

「下駄爺の茂平が尾いて来ております。行商人姿でロクジュが一緒です」

「ん？」

一林斎は一瞬首をかしげたが、すぐに状況を理解した。

当然ロクジュとトビタは、光貞と源六のきょうの行き先を知っている。二人は下駄屋の平太が源六の一行に尾いたのを見てやり過ごした。源六一行には中間姿のヤクシがついているからだ。さらに二人が下駄屋を注視していると、茂平が光貞の町駕籠に気づき、急いで下駄の歯直しのかたちをととのえ、あとにつづこうとした。そこへ風呂敷を背負った行商人姿のロクジュが、

「やあ、茂平さん。きょうはどこへ行きなさる。わしはこれからちょいと内藤新宿までと思いましてなあ」

と、声をかけた。駕籠は内藤新宿に行くのだから、茂平はロクジュと同道する以外になかった。

千駄ケ谷から内藤新宿へ近道をとるには畑道を経ることになる。尾行があればすぐ分かる。背後に茂平とロクジュがならんで尾いてきていることに、小泉は内心笑ったことであろう。

その平太と茂平の動きをまた、トビタが遅れて出かけ、監視するはずだ。行く先は判っているのだからこれは容易なことだ。

茂平と平太は鶴屋に霧生院の三人が入っていることに気づかないまま引き揚げた。二人そろって早々に引き揚げたところから、

(光貞公と頼方公が気軽に外で昼餉《ひるげ》を)

そう判断したに違いない。光貞と源六なら、それも不思議ではない。


光貞と一林斎、冴の三人が、奥の座敷から明かり取りの障子を開け放ち、広い庭を散策する〝兄妹〟を見つめている。

鶴屋の庭園は玉川上水に水の流れの音とともに借景《しゃっけい》し、節季は弥生の新緑の候で草花の匂いがただよっている。

そのなかを二人は散策というより、源六は木綿の着ながしを尻端折に、佳奈は着物の裾をたくし上げ、追いかけっこをしているようだ。そのようすは三万石の大名と霧生院家の娘鍼師でくノ一などではない。和歌山城下を駈けめぐっていた、利かぬ気の幼少の二人の姿だった。

さきほど奥へ走り込んだとき、源六は廊下で佳奈の前に、

「おっとっと」

たたらを踏み、矢羽模様の着物に薄化粧をしているその美貌に、

「おぉお美しいぞ。美しいぞ、佳奈！」

と、思わず目を瞠《みは》ったものである。

「まあ、兄《あに》さんたら」

と、佳奈は笑いながら袖で口元を覆っていた。


「佳奈も息災のようじゃのう」

「はい、源六君も」

座敷から光貞と一林斎が、目を細めるよりも真剣なまなざしを二人にそそぎ、そのかたわらで冴は深刻な表情になっている。

「それにしても佳奈は、ますます由利に似てくるのう。声までも……」

「…………」

昔を想起するように語る光貞に、一林斎と冴は無言で肯是《こうぜ》のうなずきを示した。

光貞はつづけた。

「以前つかわした脇差と印籠じゃが……、いつ佳奈に渡すかのう」

「はっ」

下問に、一林斎は一瞬、間を置き、

「その儀につきましては、まだ危険がありましては、時期尚早かと」

「時期尚早というは、綱教《つなのり》のことかのう」

「御意」

明確に応えたのへ、光貞は視線を空《くう》に泳がせ、

「あやつにも困ったものだが、紀州家から将軍が出るのは天下の道理。じゃが……、のう……護れ。佳奈もじゃ」

と、綱教が将軍位に就くことにはまんざらでもなさそうだが、そのために源六を排除しようとしていることには困惑の色を示しつつ、あらためて明瞭に〝護れ〟と下命した。佳奈も一緒に……である。

「あらら」

冴が不意に声を上げた。佳奈がなにかにつまずいて転びそうになったのを、源六が急いで両肩を抱きかかえるようにつかんだのだ。このとき二人にどのような言葉が交わされたか、母屋にまでは聞こえなかった。

「おぉ、そうじゃ」

光貞も不意に言った。

「きょうも佳奈に鍼を打ってもらわねばのぅ。近ごろとんと足腰が弱《よお》うなってしもう

たわい。わははは」

愉快そうな口調だった。実の娘に鍼を打たせる。これほど仕合わせな、心癒《いや》されることがあろうか。

佳奈にとっても、それは願うところだった。膝の上に載せてきた薬籠の中には、その道具一式がそろっている。

佳奈がご隠居の徳田光友こと徳川光貞の、肩こりに効く肩井《けんせい》の経穴《つぼ》に鍼を打ったのは四年前の元禄十二年五月、十四歳のときだった。

「――うっ」

そのとき光貞はうめいた。痛かったのだ。佳奈にとってそれは、自分の手足や一林斎と冴以外の人体へ打つ、修練ではなく療治としての初めての鍼だった。

そのとき一度はうめいた光貞だったが、

「――うーん。効く、効くぞ」

と、あとは幾度も言ったものだった。

それが佳奈にとっては大きな自信となり、鍼の修練にいっそう励み、霧生院に来る本物の患者にも打てるほどに腕を上げた。それがまた光貞には、ことさら嬉しく思えていた。

この日、佳奈が光友こと光貞の肩や背に、

「爺さまはもうお歳ゆえ、いっそう気血の通りをよくしなければなりませぬ」

と、首から背、腰へと、気血の通り道である経絡《けいらく》の経穴につぎつぎと鍼を打ったのは、昼餉のあとだった。

この間にも行商人姿のトビタが鶴屋の裏手で中間姿のヤクシとつなぎを取り、伏嗅組の茂平と平太の動向を一林斎に知らせていた。茂平はロクジュにつきまとわれながら、松平頼方こと源六が鶴屋に入るのを確認しただけで、あとは内藤新宿の町場に下駄の歯直しの触れ歩きをしていた。平太は隠居の光貞が鶴屋に入るのを見届けたあと街中《まちなか》で茂平とつなぎを取り、そのまま千駄ケ谷に戻った。やはり光貞と頼方の外に出ての昼餉と見たようだ。両名とも霧生院の〝家族〟三人が鶴屋に入ったのをまったく見ておらず、気づきもしなかった。

一林斎たちが鶴屋を出たのは、太陽が西の空にかたむきかけた時分だった。そのころ、茂平とロクジュは、

「きょうはお互い、あまりいい商いができなかったなあ」

と、千駄ケ谷への畑道に歩を踏んでいた。

また一林斎が伴走した二挺の町駕籠が霧生院の冠木門をくぐったのは、ちょうど陽

の落ちた時分だった。

「きょうの休みを知らず、幾人か患者が来やしたぜ」

と、留左が霧生院の居間で夕餉をすませた。

その留左が塒《ねぐら》の長屋に帰ってから、行灯の灯りのなかに佳奈は言った。

「わたし、源六の兄さんの道中潜み、絶対行きますから」

宣言するように言った。源六と、そのような約束でもしたようだ。

さらに忍ぶような口調で、ぽつりと言った。

「徳田の爺さま、仕方のないこととはいえ、前よりも衰えておいででした」

それは一林斎と冴も感じていた。光貞はすでに七十七歳の年行きを重ねているのだ。

きょうは伏嗅組との決戦をひかえ、団らんの一日だった。また、光貞と源六、佳奈の父子三人が一つ屋根の下にそろうのは、これが最後のものとなった。

二　佐夜《さよ》ノ中山《なかやま》

一

あと数日で行列出立《しゅったつ》の卯月《うづき》（四月）になるという日だった。千駄ケ谷の小さな町並みの中ほどにある、鳩森《はとのもり》八幡の鳥居《とりい》の下に人だかりができていた。

その翌々日である。夕餉にはまだすこし早い時分だが、日本橋北詰の枝道を入った小さな割烹《かっぽう》に、長尺の苦無を腰に提げた一林斎と薬籠《やくろう》を抱えた佳奈、それに武士姿で供に中間《ちゅうげん》のヤクシを連れた小泉忠介が膝を交えていた。

いつもこの割烹で江戸潜みの一同が会するときは、頼母子講《たのもしこう》の集まりと女将《おかみ》や仲居に触れている。頼母子講なら武家に医者、中間、職人、商人姿の者が一堂に会しても不思議はない。

だが、この日は佳奈を入れて四人だけである。佳奈をともなったのは、霧生院を出るのに患家《かんか》への往診のかたちをとるのと、佳奈のたっての願いだったからでもある。小泉たちも千駄ケ谷を出るといくらか遠まわりをし、伏嗅組《ふしかぎぐみ》の目が尾《つ》いていないか注意を払った。双方とも尾行する者はいなかった。江戸潜みの薬込役で綱教《つなのり》や矢島鉄太郎、それに上杉家の為姫《えいひめ》や猿橋《さばし》八右衛門らの視界に入っている者は一人もいないという手証《てしょう》になろうか。

「それで、成果は？」

「下駄屋の平太が来ました。爺さんの茂平は店に残るようです」

「年寄りの下駄爺《げたじい》まで出たのでは、かえって不自然で目をつけられかねないと判断したのでしょう。用心深いことです」

一林斎の問いに中間姿のヤクシが応《こた》え、小泉がつけ加えた。

鳩森八幡の鳥居下に、高札《こうさつ》が出ていたのだ。人足集めのお触れだった。葛野藩江戸藩邸の名義で、近辺の町衆、百姓衆から行列の荷運び人足を募っていたのだ。

一日切りと二日切り、三日切りのものがあった。日当は道普請《みちぶしん》など日傭取《ひよりとり》の相場に沿ったものだが、江戸を出ることになるため日切りの倍額が出るというのだから、たちまち近在の話題になった。三日切りなら、帰りは手ぶらでも六日分の給金が出ると

いうのだから好待遇だ。五十人を募り、

「きょうの午前《ひるまえ》にはすべてそろいました」

「ふむ。これで行列の費用も、源六君や加納久通《かのうひさみち》どのの意志が達成できるな」

一林斎は満足そうに言い、小泉もヤクシもうなずいた。

葛野藩は石高三万石といっても、雪国で実質は一万七、八千石しかなく、財政は苦しかった。自前の江戸藩邸を設けないのも、そこに理由の一端があった。

江戸入りのときもそうだったが、

「――供揃えはお定めぎりぎりに抑え、無駄は極力はぶけ。体裁《ていさい》をつくろい華美に走るなどは愚の骨頂だ」

行列の準備に際し、松平頼方《よりかた》こと源六は家臣たちに命じていた。

だから行列のために国おもてから出てきたのは、城代家老の加納久通が数名の家臣を連れてきただけで、人足は一人も伴っていなかった。加納久通は二年前に源六に従って江戸入りしたが、源六がみずからの不羈奔放《ふきほんぽう》を封印していることを見とどけてから、藩政のため葛野に帰っていた。出府するなり一林斎と連絡を取り、行列の準備に加わったものである。

江戸を出るときだけ行列の員数をそろえ、あとは徐々に減らして土地土地で助郷《すけごう》に頼る算段で、日切りの人足を募ったのだ。

「人が集まらなければ？　あははは、大八車を調達せよ。体裁よりも実を重んじよ。戦国の世はそうだったぞ。あっはっは」

二十歳《はたち》の源六が木綿の着物の尻を無造作に端折り、呵呵大笑《かかたいしよう》して言ったという。

小泉が話すそのようすに佳奈は、

「ほんに、源六の兄《あに》さんらしい」

品よく袖で口を覆い笑った。佳奈が源六を〝兄さん〟と言ったのへ、小泉とヤクシは一瞬ハッとしたが、

「ふふふふ」

含み笑いをする一林斎に、

「そのとおりです」

「あら、わたしにも分かります。なるほど」

小泉が返したのへ、佳奈も気づいたように言った。〝兄さん〟のことではない。下駄屋の件だ。

「茂平も加わってくれれば、もっと分かりやすかったのですがねえ」

ヤクシも言った。

人足を募ったのは、財政上の費消《ひしょう》を最小限に喰いとめるためばかりではなかった。駆り出すのではなく、募れば茂平と平太が応募してくると一林斎たちが踏んだのだ。加納久通もこの策には膝を打ったものだった。

茂平が来なかったのは敵もさるものといったところだが、平太は一番長い三日切りに応募していた。箱根《はこね》を越えた沼津《ぬまづ》あたりまでだ。余裕は充分にある。伏嗅組の者が行列に加われば、荷運び人足であっても警備の雰囲気を内から見ることができる。道中をつけ狙う本隊とかならずつなぎを取るはずだ。

「――そこを見定めれば、われらも敵の陣容をつかめる」

一林斎は加納久通に言っていたのだ。

含み笑いのあと、さらに一林斎は言った。

「道中に沿道の耳目を引くような騒ぎがあってはならず。よって戦いは秘かに各個撃破とし、安楽膏《あんらくこう》を用いることとする」

部屋に緊張が走り、佳奈も表情を瞬時引きつらせた。

これまでの伏嗅組との戦いは、対手はあくまで外部からの敵方への助っ人であり、憎き直截《ちょくせつ》の敵ではなかった。だから命を奪うには忍びず、鈴ケ森でも両国橋でも安楽膏は封印した。伏嗅組が戦国に滅んだ武田《たけだ》軍団の透破《すっぱ》のながれなら、甲賀の秘伝である安楽膏に似た毒薬は受け継いでいるとみて間違いない。それを猿橋八右衛門は鈴ケ森でも両国橋でも使わなかった。だが、こたびは敵も使うだろう。矢か手裏剣、苦無の尖端に塗り、体内に打ち込めばその者は数呼吸で筋肉の力を失い、その場で痛みも苦しみもなく死に至る。だから安楽膏であり、必殺の毒薬である。源六と佳奈の母である由利を殺したのも、この安楽膏だった。

「承知。道中に組頭の下知がありしだい安楽膏を用い、各個殲滅いたしましょうぞ」

小泉忠介が言ったのへ、ヤクシも大きくうなずきを入れた。

佳奈の表情は、緊張を刷《は》いたままである。打った手裏剣がかすめ皮膚を破っただけでも、その者は確実に死ぬのだ。

一林斎と冴が佳奈に気づかれないように、光貞から預かった葵《あおい》のご紋章入りの脇差と印籠を、居間の床下深く埋めたのは、それから数日後のことである。

「へん、一家そろっての薬草採りだけじゃなく、お伊勢《いせ》参りってんなら仕方ありやせんや。ま、早《はや》のお帰《けえ》りを待ってまさあ」

と、留守を留左はむろん、向かいの一膳飯屋やとなり近所にも頼んだものの、触れ込みの〝お伊勢参り〟が幾日かかるか分からない。盗難や火災が心配なのだ。

行列出立の日は間近に迫っている。

「いよいよですね。わたくしも道中潜み」

佳奈は勇み立った。

当然、伏嗅組にもその日時と東海道をとることは、矢島鉄太郎をとおして知らされていることだろう。

二

卯月（四月）に入った。

初夏である。

午過《ひるす》ぎ、午後の患者がまだ来ていないころ、中間姿が庭から明かり取りの障子の開け放された療治部屋に近づくのを佳奈が目にとめ、

「あら」

薬籠簞笥《やくろうたんす》から艾《もぐさ》を出そうとしていた手をとめ、

「あなたは！」

急ぐように縁側へすり足をつくった。

庭からも中間姿は縁側に走り寄り、

「おぉ、お久しゅうござる!」

声を上げた。上屋敷で使番《つかいばん》中間をしている、氷室章助である。霧生院一家が江戸に出て来ると同時に江戸勤番となって十二年、霧生院の近くまで来たことはあるが、佳奈と顔を合わせたことはない。

源六が幼少のころ、城内では毒殺などの危険があるため城代家老の加納家に預けられ、薬込役組屋敷から源六の秘かな護衛に中間となって加納家に入ったのが氷室章助だった。奔放な源六が屋敷を飛び出し、城下の薬種屋に駈けて行くのに付き添い、そこで一林斎と護衛を交替し、佳奈と一緒に薬種屋へ戻ってくると、そこからまた加納屋敷まで中間姿の氷室が見護った。源六にも佳奈にも、忘れ得ない和歌山城下の一時代である。

おそらく佳奈は中間を覚えており、十二年の歳月がながれているといえ、会えば思い出すだろう。だから氷室が佳奈と顔を合わせるのを、一林斎たちは警戒し避けていたのだ。

だがいま、隠す必要はなくなった。それよりも、これからの道中潜みでいつ行列に加わっている氷室の姿を目にしないとも限らない。となれば、そのとき驚くよりもいま驚いていたほうがよい。出立を間近にひかえたこの日、本来ならイダテンかロクジュが来るところ、わざわざ氷室にその役をふったのは、一林斎と小泉忠介の配慮だった。案の定だった。

「あの、あの、あのときの！」

「そうです、中間の氷室ですじゃ。大きゅうならられた。それに美しゅう！」

「わあーっ。和歌山のお中間さん！」

佳奈はしばし、感覚があの時代に戻った。氷室はあのときとおなじ中間姿なのだ。

氷室は療治部屋に招じ入れられ、

「なるほど、町場の療治処にはぴったりの構えですなあ」

と、佳奈との歓談はほんのわずかであとは声を低め、

「ロクジュとトビタが確認しました。けさ上杉家上屋敷より猿橋八右衛門以下七名の武士が東海道に向け出立し、午前には品川《しながわ》宿を越え、目下トビタがあとを尾けております。日傭取《ひようとり》人足の中に伏嗅組の吾市と又八が入っております。いずれも三日切りの組です」

「ふむ」

一林斎はうなずき、

「儂《わし》らは予定どおり、明後日出立する」

　行列の出る前日である。

　一林斎はつづけた。

「ロクジュはただちに発ってトビタとつなぎを取り、儂とのつなぎを密にせよ。イダテンとハシリは儂らにつづくこと」

「はっ。承知」

　話し終えたとき、冠木門を腰痛の大工の棟梁《とうりょう》が入ってきた。

「あら、棟梁。きょうは腰が伸びていますねえ」

　佳奈が迎えると同時に、庭まで下りて冠木門を出る氷室章助を見送った。

　翌日、霧生院には朝から患者があふれ、療治部屋では留左も加わり――数日分の薬湯の用意に忙しく、冴は町内に臨月の女のいないことを確かめた。

　翌朝、まだ日の出前である。

「先生よう、ご内儀もお嬢も、早う帰ってきてくだされ」

「お伊勢さんじゃや、あたしらの分も拝んできてくだされ」

　と、冠木門の周辺は町内の者であふれた。それらは霧生院のある枝道から神田の大

通りまで見送り、留左は日本橋までついてきて、

「おまえには大事な留守居があるぞ。もうここでよい」

「へえ、さようですかい」

と、寂しそうに橋の上で足をとめた。ちょうど日が出たところだ。橋にはすでに下駄や大八車の音が響いている。

佳奈は表情の引きつるのを必死に隠し、笑顔をつくろうとしている。霧生院を出るときからそうだった。

日本橋から東海道に踏み出し、一行はまわりの旅姿に混じった。

道中差のイダテンとハシリが佳奈の目にとまったのは、品川宿を抜け鈴ケ森を越えたときだった。伏嗅組との戦いの跡で、萱野三平と最後に別れた地でもあったせいか一度ふり返り、そこにイダテンとハシリの姿を認めたのだ。気になりながらもふたたびふり返ることもなくひたすら前を向いて歩を進めたのは、さすがに薬込役のくノ一を自覚している所作だった。だが一林斎と冴は日本橋を出てすぐのところで、旅姿の二人が背後についたのへ気づき、相互に合図を送っていた。

陽が西の空にかなりかたむいたころ、

「あら」

と、佳奈がまた声を上げたのは、六郷《ろくごう》の渡しを越え戸塚宿《とつかしゅく》に入る手前だった。道端の大きな石に、休むように腰を下ろしていたロクジュが一林斎らの近づくのへ合わせて腰を上げ、

「きのう小田原《おだわら》でトビタとつなぎをとり、猿橋ら七名はさらに進んだとのことです」

さりげなく言うと、また三人の前面へ道中差に菅笠、手甲脚絆に尻端折の旅姿で急ぎ足をつくった。

小田原を過ぎれば箱根越えである。一林斎と冴は緊張した。そこに入れば半日は山中の難所つづきとなる。猿橋らの所在が確認できているあいだは、襲われても防ぐことはできる。危ないのは、見失ったときだ。不意打ちを受ければ、防御はきわめて困難となる。

猿橋一行は日の入り前か日の出に関所を越え、山中で夜を迎えようか。一般の旅人なら、朝でなければ箱根入りは躊躇《ちゅうちょ》する。だが伏嗅組なら、山中に口暮れて山賊が出ても、逆にそやつらが斬られるか身ぐるみを剝がされることになるだろう。

しかし山中で夜を迎えれば、トビタといえど一行を見失うだろう。それを懼《おそ》れ足音や話し声が聞こえるまでに接近すれば、トビタ、その身が危うくなる。

いまトビタはどうしている。

伏嗅組が待ち伏せの陣を張るのは箱根山中か。

それが判明するのは、つぎのロクジュのつなぎを待つ以外にない。同時に、猿橋らにこちらの道中潜みを覚《さと》られてはならない。

旅人たちのあいだに小さくなるロクジュの背を見送りながら、

「佳奈、冴、疲れたろうが、きょうは戸塚を越え藤沢《ふじさわ》泊まりにするぞ」

一林斎は言った。つなぎを待つため、すこしでも箱根の登り口になる小田原宿に近づいておく必要がある。足を速めねばならない。

「佳奈、大丈夫ですね」

冴が言ったのへ、

「はい。トトさま、カカさま。思い出しまする」

佳奈は言うと、歩を進めながら杖を持ったまま両手を広げ、大きく息を吸った。和歌山から伊勢街道を経て東海道を江戸まで踏破したのは、六歳のときだった。小さな身には過酷な旅であったろう。それを思い出したようだ。

「さあ、陽のあるうちに藤沢へ。トトさまやカカさまこそ大丈夫ですか」

佳奈は逆に一林斎と冴を気遣い、足を速めた。

翌朝、日の出のころである。

藤沢宿の旅籠《はたご》で女中たちに見送られ往還に一林斎たち三人が出たすぐあと、向かいの旅籠からもイダテンとハシリが出てきた。

互いに軽く目配せをするなりイダテンが先行するため歩を速めた。小田原宿に急いだのだ。佳奈たちの背後にはハシリがついた。


その日の出とまったくおなじ時刻だ。千駄ケ谷の紀州徳川家の下屋敷で、

「それでは、頼むぞ」

杖をついた光貞が庭まで出て、行列差配の加納久通と随行の小泉忠介に下知していた。さきほど陰で、中間姿の氷室章助とヤクシにもおなじような言葉をかけたのは異例である。下屋敷だからこそできることであったろう。

源六の行列が下屋敷を出た。

供揃《ともぞろ》えの数は百人ほどだ。その陣立ては小さな千駄ケ谷の町並みにふさわしい。つまり、貧相だ。

立傘《たてがさ》の一群、黒漆の挟箱を担いだ中間たち、弓隊に槍隊、鉄砲組の足軽衆、身なりの整った武士団にしゃなりしゃなりと歩を踏む腰元衆など、二千人を超える供揃えの紀州本家の行列にくらべ、百人前後の行列などちょっと禄高の高い家臣の一群のよう

でしかない。

それも江戸を出て三日もすれば、日傭取の人足たちはいなくなり、土地土地調達の助郷の百姓衆を除けば実質五十人前後となる。とても大名行列の陣容とはいえない。

「――それでいいのだ」

松平頼方こと源六は言い、とくに城代家老の加納久通には語っていた。

この行列で最も喜ぶのは、列が短くさっさと通り過ぎてくれる沿道の住人と旅の者であり、つぎに喜ぶのは権門駕籠を担ぐ四枚肩の陸尺《ろくしやく》（駕籠舁《かごか》き）たちだった。

源六が駕籠の中に納まっているのは、行列が品川宿を出るあたりまでで、あとは家臣団と一緒に歩く。それもきらびやかな衣装ではなく、千駄ケ谷から内藤新宿に出かけるような木綿の袴であり、ときには着ながしに尻端折《しりつぱしより》になることもある。道中の大部分を、陸尺たちは空駕籠を担いでおればいいのだ。

その性癖は、伏嗅組に伝わっているだろう。ならば猿橋らは空駕籠に毒矢や鉄砲を打つことはあるまい。徒歩《かち》のなかで、どの衣装のどの人物が松平頼方かを襲撃の伏嗅組に伝えるのが、平太と吾市、又八らの役務となる。合図の符号さえ的確に定めておれば、百人を切る行列の中では困難なことではない。大名行列といっても、沿道の者が土下座するわけではない。脇に寄って道を譲るだけだ。そこに紛れればつなぎは容易にできる。

松平頼方こと源六が無腰で徒歩になったとき、左右には小泉忠介と加納久通がぴたりとつき、お犬さま対策に前後を中間姿で憐み粉を持った氷室章助とヤクシが固めている。中間がかくも殿さまのお側近くに寄れるのは、お犬さまのおかげである。行列の中で殿さまのお命が狙われていることを承知しているのは、この四人だけなのだ。まだいた。荷運び人足の伏嗅組三人である。

その行列が最初の宿駅となる戸塚宿に入るころ、一林斎の一行は小田原宿に入ろうとしていた。

「人知れずコトを成すには、やはり箱根の山中だろう。儂《わし》ならそうする」

「おそらく」

歩を踏みながら一林斎が言ったのへ、冴は笠の前をちょいと上げて富士山と箱根の山並みに視線を投げた。佳奈もおなじ仕草をとり、

「あれえ、トトさま、カカさま、覚えておりまする。険しい杣道《そまみち》を下ると、にぎやかな町並みがありました。あれが小田原だったのですね。もう足が動きませなんだ」

いまは十八歳だ。四十八歳と四十六歳の一林斎や冴より元気だが、気分は六歳のころに戻っている。

三

「まあ。まあ、まあ、こんなんだったかしら」

佳奈は小田原の町並みに入り、右に左に目をやった。東海道有数の宿駅を兼ねた城下町であっても、神田の大通りや日本橋、両国の広小路にくらべれば貧相だ。

すぐだった。旅籠の陰から、

「お待ちしておりました」

トビタが出てきた。

陽はまだ沈んでいないが、通りに暖簾《のれん》をならべる旅籠からつぎつぎと出女《でおんな》たちが出てきて、

「お客さん、この先は山また山ですよ」

「いまから箱根越え無理、無理」

「さあ、うちへ泊まっていきなさんせ」

道行く旅人を奪い合うように声をかけはじめている。なかには振分《ふりわけ》荷物を引っぱり、さらに腕を取って暖簾の中に引っぱり込もうとする恰幅《かっぷく》のいい出女もいる。

「ひとまず、そこへ」

トビタはそれらの喧騒を避けるように一林斎たちを脇道にいざない、あとにつづいていたハシリが周囲に目を配り、通りからその路地を塞いだ。おなじ旅籠に泊まればゆっくり話ができるが、どこに伏嗅組の目があるか分からない。道中潜みの一群が行列の一日前を歩んでいることを覚られてはならないのだ。

トビタの話では、伏嗅組を尾けるのをロクジュと交替し、つなぎ役としてその背にイダテンが張りついて歩を進めているという。

いま一林斎たちの身近にいるのは、トビタとハシリの二人である。

トビタは言った。

「猿橋らはときには七人そろい、ときには一人が消え、あるいは三人、四人に分かれ、歩を進めております」

伏嗅組も薬込役の存在を意識しているようだ。お互いに、街道に踏む一歩一歩がすでに戦いとなっている。

「ともかくその一群はきのうのうちにこの小田原を発ち、わしは関所の手前で組頭へのつなぎのため引き返してまいりました」

旅の空か、トビタの語りから江戸の町人言葉は消えている。

「ふむ。ならば猿橋らはすでに、箱根を越えているということだな」

「さように推測されます」

「それではおまえさま、待ち伏せは箱根ではのうて……？」

冴が緊張した声を入れた。

「分からぬ。箱根山中をふもとまで検分し、途中で引き返しいずれかで待ち伏せの陣を張るのかも知れぬ。ともかくロクジュかイダテンのつなぎを待つ」

「それでは、やっぱり戦場は箱根！」

佳奈が口を入れた。上ずっている。路地での一連のやりとりに、さきほどまでの幼いころへの感傷は消え去ったようだ。

一林斎はつづけた。

「猿橋らが引き返すにも前に進むにも、荷運びの平太らはすでに猿橋らに、源六君のようすを詳しくつないだのかも知れぬ。無腰で木綿の着物を尻端折に歩いているようすをなあ」

「えっ」

冴が低く声を上げた。トビタ、ロクジュ、イダテンの三人は、常に七人を視界に収めていたわけではないのだ。

それにつなぎを取るには、引き返したかも知れない伏嗅組の一人か二人が、一林斎たちとどこかですれ違ったことになる。脇道を取ったのかも知れない。新たな者がいて、一林斎らを追い越したのかも知れない。いずれにせよ、

(気がつかなかった)

ハシリもおなじであろう。

「手強いぞ」

一林斎はつぶやくように言うと、ハシリを呼んだ。

「付近に怪しい影はありません」

言うハシリに、

「ともかく、源六君のようすを知りたい。そなたは戸塚へ引き返し、この経緯を小泉につなげ。やるぞ、各個撃破を。トビタは今夜中に関所抜けをしてロクジュかイダテンとつなぎを取り、あした中に猿橋らの動きを儂《わし》に知らせよ」

「承知」

振分荷物を肩にハシリはその場を離れた。

「あんれ、お客さん。これから大磯《おおいそ》まで進みなさるかね。日が暮れちまいますよう」

出女のハシリを呼びとめようとする大きな声が、脇道にまで聞こえた。

大磯は小田原から江戸へ一つ目の宿場だ。ハシリの足なら明るいうちに大磯を抜け、夜道を駈けあしたの日の出には行列の第一日目の宿駅になる戸塚に入り、出立しようとする小泉らにつなぎをとることができるだろう。

トビタが箱根越えに、ハシリが戸塚へと小田原を発ったこの時分、源六の行列はちょうど戸塚宿に入ったころだった。

行列は千駄ケ谷で雇った日傭取の人足のうち、戸塚で二十人、小田原で十人、箱根を越えた沼津で残り二十人をすべて江戸へ帰すことになっている。

伏嗅組から紛れ込んだ下駄の歯直しの平太、職人に化けて霧生院を偵察した吾市と又八の三人は、三日切りの沼津返しの組に入っている。

果たしてハシリが戸塚宿に入り、中間姿のヤクシにつなぎを取ったのは、日の出前で行列の出立準備にかかろうかというときだった。

本陣の裏手で、中間姿のヤクシは旅人姿のハシリを見るなり、

「よかったあ」

低く洩らし、さっそく人足が近づくことさえできない本陣の奥の一室に、ヤクシに小泉忠介と氷室章助、さらに加納久通が顔をそろえた。聞かされた内容には、ヤクシ

のほうが驚いた。一林斎の下知をヤクシか氷室につなぐとすぐに引き返し、一林斎の一行を追い箱根路に入る算段だったのだ。本陣の奥の部屋に、武士二人と中間二人と町人の旅人姿が鳩首《きゆうしゆ》しているのだから異様な光景だ。

「よく来てくれた。実はなあ」

小泉忠介は言った。

三日切りで雇った平太ら伏嗅組の三人が昨夕、戸塚宿に入ってから人足二十人に給金を払い役務を解こうとしているところへ、

「――体の具合が悪うなりやして、箱根越えどころかあした一日、小田原まで歩くのさえ難儀でやす。款《かん》は三日切りでやしたが、一日切りにしてくだせえ」

と、申し入れてきたというのだ。

伏嗅組の策に変更があったのか、

「やつらの意図が解らず、昨夜は許さないまま、今朝返事をするからと三人をまだ人足溜《だま》りにとどめておるのだが……」

小泉の話にハシリも首をひねり、ともかく一林斎の下知を伝え、すでに猿橘らが箱根越えをしたことも話した。

――三日切りのあいだに、三人を秘かに葬《ほうむ》れ

一林斎の下知はそれだった。向後《こうご》の闘争にそなえ、敵戦力を一人でも多く削いでおくのが目的であることは、誰にも容易に理解できる。

猿橋らの動向を踏まえ、加納久通も加わった一同は、平太らが一日切りを申し出てきた意図を、鳩首のなかに探った。

材料が一つあった。中間姿の氷室とヤクシが気づいたことだ。

源六が無腰の尻端折で権門駕籠のそばを歩いているときだった。

沿道の町人の旅姿が平太らとなにやらつなぎを取ったようだ。その旅姿はしばらく源六を注視したまま行列について歩き、さらに吾市と又八に近づき、言葉まで交わしたというのだ。街道では当然、おなじ方向に歩を取っている旅人もいる。沿道の者が、隊列を組んでいる弓隊や鉄砲隊、槍隊の者に近づき言葉を交わすのは不自然だが、荷運び人足は行列にぞろぞろつながっているだけだから、沿道の者と言葉を交わしても不自然ではない。それに街道が樹間に入ったときなど、武士団でもちょいと列を離れて茂みに入り用をたすなど、大名行列でも日常茶飯のことなのだ。

「怪しげな旅人姿がまだ見え隠れしているときだった。平太も二度ほど樹間に入りおったからなあ」

ヤクシはあらためてハシリに語った。

それらを踏まえ、小泉忠介が一つの仮説を組み立てた。

猿橋八右衛門が行列の荷運び人足に平太らを送り込んだのは、矢島鉄太郎から聞いた頼方こと源六の性癖《せいへき》や行状がほんとうかどうか、行列の内部から確かめるためだった。三人も入れたのは平太一人では頼りなかったか、確実を期するためだった。

最大の三日切りの組に入ったが、わずか一日でそれは確かめられた。聞いたとおりの行状だった。そこへ先行している伏嗅組の本隊から、つなぎの者が引き返して来た。平太らは、

――間違いなし
知らせると同時に、徒歩《かち》のいずれが松平頼方であるかも知らせた。

「物見《ものみ》は慥《しか》と頼方さまの顔を覚えた。これで襲うとき、見誤ることはない」

これらが分かれば、もう平太らを行列のなかに置いておく必要がないばかりか、もし素性がばれれば、この先のいずれかに待ち伏せしていることも露見する。

「早急《さっきゅう》に行列を離脱するに如《し》くは無《な》しだろう。かといって、逃亡は怪しまれる」

「それで正面切って、一日切りへの変更を願い出た、と」

小泉忠介の説明に、ハシリが接ぎ穂を入れた。

「さよう。あの三名の役務は物見だけで、戦闘要員ではなかった。つなぎに引き返し

てきた者は、猿橋に代わってその下知ができる者だったのだろう。本隊の副将格くらいかな」

「それで小泉どのはいかがなさる。あの三人の処遇と一林斎どのの下知だ」

加納久通が小泉忠介に問いを入れた。

「うーむ」

小泉はうなった。それはこの場の全員のうなりだった。

一林斎は〝殺せ〟と命じてきているのだ。しかし三人が戸塚から引き返せば、少なくとも東海道での敵ではなくなる。

数呼吸の間を置き、小泉は言った。

「吉良さまがらみの戦いで、双方とも毒薬は使わなかった」

ハシリとヤクシがうなずきを入れた。鈴ケ森と両国橋の戦いに、二人は加わっている。両国橋でヤクシは伏嗅組の打った手裏剣を受けた。もしそこに安楽膏に類似した毒薬が塗ってあったなら、命はなかった。

「組頭には、私が責を負う。三人の一日切りを許す。行列に先行し猿橋らに合流しそうなら、安楽膏を打つ。江戸に戻るなら、お構いなし」

「うむ。一林斎どのも是《ぜ》とされよう」

小頭《こがしら》格の小泉の決断に、加納久通はうなずきを示した。

「ご家老、おもての準備がほぼととのいました」

襖《ふすま》の向こうから家臣の声が入ってきた。

「いい天気じゃ。歩くぞ」

木綿の着物を尻端折にした松平頼方に、本陣のあるじや番頭たちは目を丸くした。

それでも供の者は言っていた。

「お立ーちーっ」

行列は出立した。

ハシリは行列の出る前に馬の背に揺られ、小田原に向かった。徹夜でその小田原から走ってきたのだ。ハシリなら馬の背で眠ることもできる。

戸塚宿には、町人姿を扮《こしら》えた氷室章助とヤクシが残った。ふところには安楽膏と手裏剣が入っている。人足を解かれた平太ら伏嗅組の三人が、西に進むか東へ戻るか見定めるためである。

陽はすっかり昇った。平太ら三人は物見の任を終え、さらに〝敵陣営〟を離れた安堵からか、三人一組《ひとくみ》であることも隠さず連れ立って軽やかに、江戸方向の東へと向かっている。きのうから行列で一緒だった中間二人が、旅人姿であとを尾けていることに気づくようすもなく、体の具合が悪いどころか軽やかに歩を踏んでいる。

「もう、いいでしょう」

「そうだなあ」

氷室章助が言ったのへヤクシは返し、茶店の縁台に座り起伏のある街道のかなたに三人の背が見えなくなるまで見送り、

「さあ、頼方さまのご一行に追いつこう」

「そうだなあ」

二人は言いながら腰を上げた。

四

江戸を発ってより三日目の朝だ。

氷室章助とヤクシが平太ら伏嗅組の三人を尾け戸塚宿を出たころ、一林斎と冴、佳奈の三人は三島宿《みしましゅく》の旅籠で、ゆっくりと朝餉を摂《と》っていた。

きのう箱根越えをし、ふもとの三島宿に下りたころはまだ陽はあり、二里（およそ

八粁《キロ》）あまり先の沼津宿《ぬまづしゅく》まで歩を進める余裕はあった。

三島宿の出女に呼び込まれたのは、冴や佳奈があごを出したからではない。源六の行列とつなぎを取ったハシリを待つためだ。徹夜で戸塚宿に戻り、その足でまた小田原を経て箱根を越えるのだ。わずか二里あまりといえ、ハシリの負担を少しでも軽くしてやりたかったのだ。

三島でしばし足を止め、ハシリの戻りを待つ。理由はもう一つあった。けさ早くだった。トビタからつなぎがあったのだ。

「きのう夕刻、猿橋ら一行六人、沼津で旅籠に入り、きょうはまだ出立のようすはありません。旅籠には一人欠けております」

告げると、トビタはすぐまた沼津に走った。目を猿橋に張り付けておくためだ。

「ふむ」

その報告に一林斎はうなずいた。

猿橋も平太ら物見の者につなぎを送り、その帰りを待っている……容易に予測できた。ならば、そのつなぎの者はきょうのいつかの時刻にこの三島を抜け沼津に向かうはずだ。旅籠の二階からながめていても、行き交う旅人のなかからそれを見分けるのは難しい。そこに気を遣うよりも、

「さあ、きょうはここで一日ゆっくり過ごそう」

一林斎の言葉に、冴と佳奈は喜んだ。

だが、のんびりとはできなかった。原因をつくったのはトビタだった。

トビタが朝の旅立ちでごった返す旅籠の玄関先で、

「――痛い、痛い！　ひょんなことで首の筋を違えて引きつって辛抱できねえっ。こちらにお医者がお泊まりと聞いて、ちょっとでいい、診てもらいてえっ。痛、痛っ」

体をねじり、いかにも痛そうに首筋を押さえて言ったものだから、女中が気の毒がって二階の一林斎に取りつぎ、部屋から出てきたときにはすっかり治り、取りついでくれた女中に、

「――鍼を数本。ほれ、このとおり」

などと首筋を勢いよく叩きながら旅籠を出て、しかもそれが朝の喧騒の終わったところだったから、名医の噂はたちまち広まった。

部屋を訪ねて来たのは、その旅籠のあるじや女将、番頭や板前、女中たちばかりではなかった。となり近所の旅籠からも、また噂を聞きつけた旅の者も、昼間の旅籠は閑散としているがそこだけ人の出入りが絶えず、となりの空き部屋が待合部屋になる始末だった。実際、効くのだ。それにきりりとした内儀と美貌の娘が、灸を据えるに

も薬湯を調合するにも要領を得ているとあっては、評判にならないほうがおかしい。

きょう一日、ゆっくりと近辺を散策し、薬草採取もしようかと思っていたのはふいになったが、丸一日一つの旅籠に滞在する名目は十分すぎるほどにできた。

その忙しいなかに、ハシリが患者としてとなりの部屋に入ったのは、その日の太陽が西の空にかたむいてからだった。昨夜は小田原で休息を取り、きょう箱根を越えて来たのだ。

まだ出女が往還に出る時分ではなかったが、二階の障子窓に一林斎と冴の笠がかかっているのを見て、鍼医がこちらにと言っただけで、

「お客さんもですか。そのままここに泊まっていきなさいな」

と、二階に上げられ、そこが霧生院の療治処と変わりなくなっているのに日を丸くした。

佳奈に呼ばれて部屋に入り、声を低めた。ますます霧生院の療治処だ。

実際に足の三里に灸を据えてもらいながらハシリは話した。

小泉忠介の判断で平太ら三人の一日切りを認め、命を奪うことなく解き放した段になると、

「ほう」

一林斎は肯是《こうぜ》のうなずきを見せ、部屋には冴も佳奈も含め、ホッとした雰囲気に満ちた。好んで〝殺せ〟などと命じたのではないのだ。

そろそろ旅籠は出女がおもてに出て、通り全体が夕の喧騒に包まれるころとなった。ハシリは女中に言われるまま、おなじ旅籠に泊まることになった。そうしたお客が幾人かいた。

陽が沈むころ、ふたたび先行していたトビタからのつなぎがあった。

「猿橋一行は沼津の旅籠に籠《こも》ったまま、動く気配なし」

もちろん源六の行列のようすと、伏嗅組の物見の三人が江戸に帰ったことはトビタに伝えられた。今夜中に、猿橋一行を見張っているロクジュとイダテンにも伝えられることだろう。

この日、夕餉の膳はハシリも一林斎たちの部屋でとった。旅は疲れるが、据え膳上げ膳の旅籠での食事は、冴と佳奈にとってはことさら解放感を覚えるものだった。部屋が療治処のようになったあとでは、ことさらそれが感じられた。そこに加え、

「箱根が戦場になることは、これでなくなったと見てよろしいでしょうなあ」

「おそらく」

ハシリが箸を動かしながら言ったのへ一林斎も同意し、きょうあすの戦いが避けら

れたことに、夕餉の膳になごやかさまで加わった。

だが、佳奈が箸をとめ、

「ならば、どこで」

「それ、それです。おまえさま」

まったく和《なご》んでいるわけではなかった。冴の箸もとまった。

「うーむ」

一林斎は冴と佳奈から視線を向けられ、膳に伸ばそうとしていた手をとめ、

「人知れず襲える場……」

「はい。箱根のお山は、それに適した所が、随所にありました」

それを想定しながら箱根越えをしたのだ。前にもうしろにも他の旅人の姿がしばらく見えなくなる崖道、谷底の道、傾斜の激しい道がつらなっていた。標的も警備の者も荷運びの者も、いずれもが自分の足元に気を取られているとき、数名で待ち伏せの陣を張れば……。地形が好機をつくってくれている。そこに源六が駕籠の中とはあり得ない。そうした箱根に類するところといえば、

「日坂《にっさか》か鈴鹿《すずか》峠《とうげ》……」

ハシリがぽつりと言った。

遠江《とおとうみ》の日坂、伊勢《いせ》から近江《おうみ》に入る鈴鹿峠は、箱根とならんで東海道の三大難所といわれている。

「えっ、あの佐夜《さよ》ノ中山《なかやま》」

おもわず佳奈が声を入れた。霧生院の一家が和歌山から江戸に出るとき、伊勢街道を経て東海道の四日市《よっかいち》に出たから、佳奈は鈴鹿峠を知らない。日坂なら十二年前の六歳のときとはいえ覚えている。

いまは江戸から西へ向かっているが、そのときは逆だった。

遠江の城下町でもある掛川宿《かけがわしゅく》を東へ抜けると、街道は山道となり、一歩ごとに杉や松の茂みは増し、勾配も急となり、もはや街道とは名ばかりで杣人《そまびと》の歩をとる杣道《そまみち》といっていいほどとなる。

その山中に、旅籠も入れて民家が百軒に満たない小さな宿場がある。日坂宿といった。以前は西側の斜面で西坂といっていたそうだが、いつのまにか日坂になった。その日坂宿からさらに樹々《きぎ》の鬱蒼とした山道がつづく。しかも九十九折《つづらおり》の道で前にもうしろにも、自分たち以外に人影は消える。

「——恐い」

佳奈は一林斎におぶさり、それをうしろから冴が押した。

いつか道は下り坂となり、それが延々とつづく。土地の者はそこを佐夜ノ中山といっていた。

足元は登りより下りのほうが危険だ。今度は冴が前に出て、佳奈を背負う一林斎の身を支えた。

ときおり、不意に樹間の開ける場があった。

「――ひーっ」

佳奈は一林斎の背にしがみつき、悲鳴を上げた。岩場の絶壁の道だった。樹間のまばらになるところもあった。谷底だった。谷川に水が流れていた。佳奈は背から下りて飲み、冴は竹筒を満たした。

佳奈にとって、忘れられない岩があった。それは樹間に鬼が置いたか天狗《てんぐ》が持って来たか、往来人をさまたげるように急な坂道のまん中にあった。佳奈の背丈を超えるほどの岩で、往来人はなぜこんなところにと不思議がりながら、それぞれ両脇に避けて通っていた。

土地の者はその岩を夜啼石《よなきいし》といっていた。

土地の若い女がこの岩のところで山賊に襲われ斬殺された。夜になると岩から人のような泣き声が聞こえ、杣人《そまびと》が怪しんで近寄ってみると、女は妊婦で腹だけが動いており、驚いて人を呼んで女の腹を裂き、赤子を取り上げた。その子は近くの寺で育てられ、成人してからみごと敵《かたき》を討ち出家したという。

佐夜ノ中山を下ったとき、冴はその話をしなかった。佳奈が恐がるからだ。

神田須田町で冴が急なお産に駈けつけ、佳奈が代脈で薬籠を持ってついて行ったときだった。難産だった。そのとき霧生院に帰ってから、冴は佐夜ノ中山の夜啼石の話をしたのだ。佳奈はその岩をおぼろげに覚えていた。難産を診たあとだっただけに、話は盗賊への憎悪と妊婦への憐れみが強く印象に残った。

だからである。ハシリの口から〝日坂〟の名が出たとき、脳裡に思わず〝佐夜ノ中山〟がよみがえったのだ。

松平頼方こと源六は、お国入りといっても領国の葛野の藩政は加納久通に任せっ切りで、自身は和歌山で不羈奔放に暮らしている。和歌山には児島竜大夫が薬込役を率いてひかえており、その点でも安心できるのだ。

こたびもお国入りといえば和歌山であり、四日市から伊勢街道に入るか京まで出て摂津《せっつ》を経て紀州に向かうか、それは一林斎にも分からない。源六のそのときの気分次第なのだ。その〝気分次第〟を猿橋も矢島鉄太郎から聞いていることだろう。つまりその日にならないと、道順は誰にも分からない。源六自身にも予定があるわけではない。全体の行列が、土地土地の助郷を除けば五十人前後ときわめて小ぢんまりとなっているからできる自儘《じまま》である。

もし四日市で行列を二分し数名の配下とともに伊勢街道へ入ったなら、鈴鹿峠を越える行列に源六はいないことになる。

ハシリの言ったのへ、

「ふむ」

一林斎はうなずきを入れ、

「佐夜ノ中山だ」

断定するように言った。日坂ではない。日坂はほとんどが昼なお薄暗い樹間の杣道で、佐夜ノ中山は樹間もあるが岩場や断崖、谷間も多く、少人数で身さえ隠せば至近距離から弓矢や手裏剣を打ち込むことができる。必要最小限の人数のほうがやりやすい。だから平太ら三人は、物見の任さえ果たせば江戸に帰したのだろう。

徒歩の武士団に混じっていても、すでに全員にどれが松平頼方か見分けはつけられるようになっていることだろう。安楽膏に似た毒薬を塗った弓矢か手裏剣の一本さえ命中すれば、あとは死を確認しなくてもばらばらになって樹間に逃げ込めばよい。

一林斎は背筋をぶるると震わせ、佳奈は、

「わっ」

声を上げた。あの夜啼石が脳裡に浮かんできたのだ。

「あそこ」

「おそらく」

冴が応えたのへ、ハシリがうなずきを返した。

源六の行列はあしたの箱根越えに備え、小田原宿の本陣に入ったころだろう。

五

翌朝早く、小田原宿の本陣では箱根に向け源六の行列が発ったころだ。

箱根を越えた三島宿の旅籠でも、泊まり客の出立の見送りで喧騒がつづいている最中だった。

トビタが来た。

「猿橋一行が出立。人数は元の七人に戻っておりました」

言うとすぐ朝の喧騒のなかに消えた。

平太たちとのつなぎで戸塚宿に引き返した伏嗅組の副将格は、いつの間にか三島宿を抜け沼津に入っていたようだ。

それをロクジュとイダテンが追い、そのうしろにまたトビタがつくことだろう。

三島宿の二階の部屋では、

「佐夜ノ中山に間違いない。そなたはここで行列を待ち、小泉らにそれをつなぎしだい儂らを追え。ゆっくりと歩くから、駿河《するが》の由井《ゆい》か江尻《えじり》あたりでまた一緒になろうかのう」

「へいっ」

ハシリは部屋を出る一林斎と冴、佳奈を見送った。

そのあとすぐ玄関では、あるじも女将も番頭も出てきて、

「もう一日お泊まりいただければ、町の者はみんな喜ぶのですが」

と、一林斎一行の出立を惜しんだ。旅籠の者は、一林斎たちが療治のために一日三島にとどまってくれたと思い込んでいるようだ。

佐夜ノ中山は江戸からなら五日目か六日目に遠江の金谷宿《かなやしゆく》に一泊し、その翌日の朝に旅籠を出て山間《やまあい》の街道を進んだすぐのところに位置する。

源六の行列がそこに入るのは、おそらく三日後のことでまだ余裕はある。

「おといの箱根を抜けた三島もそうでしたが、佐夜ノ中山を抜け、金谷の町の煙が

見えたとき、ホッとしたのを覚えています」

佳奈は話しながら歩を進めている。三人の足取りはハシリが追いつくのを待つためもあり、いたってのんびりしたものになっていた。


箱根の山中だった。ハシリが源六の行列と出会ったのは、関所の手前だったので、自分がまた関所を抜けるわずらわしさは免《まぬか》れた。

もう伏嗅組の目を警戒する心配はないが、それでも一応小泉忠介は樹間に入り、ハシリと額を寄せ合った。

「ふむ。箱根は半分越えたが、下りは神経をすり減らすことはないということだな。さっそく加納どのと氷室たちにも伝えねば」

「それで次に考えられるのは……」

「佐夜ノ中山」

急峻な箱根山を何事もなく半分過ぎ、小泉たちも予測を話しながら関所を越えたようだ。

「そのとおり。組頭も冴さまも、そのように予測を立てられ」

「ふむ。で、お嬢は」

「まったくわれらの仲間になっておられ」

「うむ」

と、佳奈の話はそれ以上に進めることはなかった。ただ霧生院の三人が三島で一日評判の医者になったことには小泉も苦笑していた。

「それでは、つぎのつなぎは二日後、遠江に入った金谷の宿《しゅく》あたりだな」

「何事もなければ。そうありたいのですが」

「いかにも」

短いつなぎであったが、この間にヤクシがちらと樹間に顔を見せ、人足の伏嗅組三人が慥と帰路についたことを直接話した。

ハシリがふたたび三島に入り、笠を前にかたむけ町並みを足早に通り過ぎたのは、太陽がいくらか西の空に低くなりかけたころだった。

火急の用はないが、おなじ西の方向に進む旅人をつぎつぎと追い越した。

夕暮れに近づいた。

駿河の富士川を越え、予測どおり由井宿で出女たちの声をふり払いながら歩を進め、中ほどの旅籠の二階の障子窓に一林斎と冴の笠がつながって吊るされているのを見たのは、陽の落ちるすこし前だった。

源六の行列は三島を過ぎ、城下町と宿場をそなえる沼津の本陣に入っていた。

箱根のようすを伝えたあと、ハシリは町並で一番西の端の旅籠に草鞋《わらじ》を脱いだ。

夕刻にトビタが、猿橋ら伏嗅組七人がいずれの宿場に泊まったかを知らせに来るが、また首を押さえて一林斎たちの旅籠に飛び込ませないためだ。源六の行列は三日後には金谷宿から佐夜ノ中山に入る。事前に伏嗅組を殲滅しておかねばならない。また一日を評判の医者でつぶすことはできない。

来た。陽はすでに落ちている。

二階からハシリはトビタを呼びとめた。

「やつら七人衆め、下駄屋とのつなぎで遅れた分を取り戻そうと、かなり速足になりおった。今宵は府中《ふちゅう》（静岡）泊まりになったぞ」

トビタは言う。沼津から一日で府中までとは、さすがに伏嗅組でイダテンやハシリに近い健脚だ。その脚に小柄なトビタ一人でつなぎに戻ってまたロクジュとイダテンに追いつくのは困難だ。こたびもロクジュが伏嗅組に張り付き、イダテンが途中まで引き返してトビタにつなぎ、それでようやくこの時分に由井に走り戻ることができたのだ。府中も城下町であり宿場でもある。

「よし、組頭も承知されよう。俺が使番に走る。おまえは組頭のつなぎ役に入れ」

「心得た」

足達者のハシリは言い、そのまま暗くなりかけた街道を西へ走った。

このように現場の者が臨機応変に対応して所期の結果を出す……これが紀州藩薬込役の特徴である。一林斎が元凶の安宮照子に独断で埋め鍼を打って葬り、さらに綱教《つなのり》にも仕掛けて結果を待ちつづけているのも、その一環であろう。

そういうわけでトビタがまた一林斎と冴の笠が掛かっている旅籠に入り、一林斎もその交替を是《ぜ》とした。

トビタは部屋に入るなり、

「面目ござんせん」

と、ハシリから聞かされたのか三島宿での〝首の筋違え〟を詫び、

「伏嗅組七人衆は今宵、府中にて……」

さっそくつなぐべき内容に入った。

「ふむ、ふむふむ」

一林斎は幾度もうなずきを入れ、冴も佳奈も真剣な表情で聞き入っていた。

通常の足なら箱根を越え三島か沼津で一泊し、つぎの日は江尻に泊まり、さらにつぎの日に金谷に入り、そこから翌日、朝のうちに佐夜ノ中山と日坂を越え、日暮れこ

ろに浜松《はままつ》へ入る。

　それが江尻を過ぎて府中まで足を延ばしていた。ならばつぎの日は陽のあるうちに佐夜ノ中山を越え、日坂宿に入ることができる。

「うーむ、見えてきたな。地形を検分しながら夕刻に日坂宿に入って一泊、翌日引き返して此処《ここ》と決めた箇所に陣を張り、行列の来るのを待つ……。その間に足場をととのえ、逃走の地形も調べる……。策としては、完璧ではないか」

「わたしもそう思います」

「そう、それに違いありませぬ」

　一林斎の推量に冴が応じ、佳奈も一膝前にすり出た。

「われわれも、さように感じました」

　トビタも自信ありげに言った。

　冴と佳奈は東海道を一度しか経ておらず、佳奈にいたっては六歳のときだった。ところが一林斎をはじめ、イダテン、ハシリ、ロクジュ、トビタらは江戸の組頭と国おもての大番頭との使番で幾度も往復し、飛脚同様に地形を知り尽くしている。新たに検分しなくても、策は容易に立てられる。

　それに対し国おもてが出羽米沢《でわよねざわ》の上杉家伏嗅組では、北の奥州街道は熟知していても東海道は不案内だ。だから行列の二日前を行くほど、余裕をもって江戸を出たのだろう。

「よし、あさってだ。金谷で一同そろって軍議を開き、そこへ氷室とヤクシも呼ぶ。あしたハシリからつなぎがありしだい、それを踏まえて行列の金谷宿に入るおよその時刻を定める。同時にトビタは街道を引き返し、小泉にその旨をつなぐのだ。通常の倍は走ることになる。よいな」

「承知」

その夜、トビタは一林斎らとおなじ旅籠に泊まった。

翌朝、日の出のころである。いずれの宿場の本陣も旅籠も朝の喧騒を見せはじめているなか、沼津では源六の行列が、由井では一林斎たちとトビタが、府中の城下町では猿橋八右衛門ら伏嗅組七人衆とそれを尾けるロクジュとイダテン、さらにその使番になったハシリたちが、出たばかりの陽光を身に受けていた。

その日、すべてが一林斎の推量した動きだった。

沼津を出た源六の行列は定石どおり江尻宿に入り、あしたは金谷宿に泊まり翌朝に佐夜ノ中山に踏み込む態勢をととのえていた。

翌朝だ。一林斎らは金谷宿に入って一日をそこに過ごし、伏嗅組七人衆の動きを掌握するとともに氷室とヤクシを交えた軍議の準備に入った。

さらに猿橋ら七人衆はその日のうちに佐夜ノ中山を越えて日坂宿の旅籠に入った。あしたは山中に引き返し一日をかけ一帯の地形を調べ、そのまま此処と定めた箇所に露営の陣を張り、翌朝ふもとから樹間の坂道を登ってくる行列を待つ算段だろう。それ以外考えられない。そのとき源六は、徒歩の尻端折で登ってくるはずだ。

六

きょう夕刻に源六の行列が金谷宿に入るという日の午《ひる》ごろである。すでに日傭取の人足はすべて帰し、助郷を入れても総数七十人ほどとなっている。

一林斎と冴、佳奈は金谷宿の旅籠に一日を過ごし、氷室とヤクシがつなぎで引き返したトビタと一緒に、行列に先んじて金谷入りするのを待っている。

金谷は内陸部の山間《やまあい》で、樹間の起伏の激しい街道に旅籠や杣人たちの家々が張りついているといったようすの宿場だ。

猿橋ら伏嗅組の一行は日坂宿から佐夜ノ中山に引き返し、足場を求め杣人のごとく樹間に分け入っていた。

太陽が中天をいくらか過ぎた。

「ちょいと、待ち人でのう」

と、一林斎は旅籠の者に話している。

来た。というより戻ってきた。

振分荷物に道中差の小柄なトビタが一人だった。

「あとの二人はどうした」

「へえ、間もなくめえりやす」

トビタは言う。部屋まで案内した女中がまだ廊下にいる。

襖《ふすま》を閉め、退散した。

言葉遣いは変わる。

「氷室は二本差しでヤクシはお供の中間姿で、いま金谷宿の本陣に行っております」

行列差配の加納久通が、先触れとして詳しい人数や内訳などを、大名家の宿所となる本陣に知らせる役務を二人に振り向けたのだ。

源六の行列は一歩一歩と金谷宿に近づいている。その先触れの二人が旅籠に来て、さらにロクジュかイダテンかハシリがきょうの伏嗅組のようすを知らせに来れば、そこに最終の軍議が始まり、日暮れまえには行列にも佐夜ノ中山の現場にもそれは周知徹底されるだろう。

慌ただしく階《きざはし》を上る足音が聞こえた。女中の案内をふり切るように襖を開けたのはイダテンだった。伏嗅組に張り付くのをハシリと交替したようだ。トビタとおなじ道中差の旅姿だ。

早口だった。

「来ます。それも二人、すぐに」

立ったまま、障子窓にすり足をつくり、身を隠すように下の往還に視線を投げた。

「猿橋が引き返して来た?」

問いを入れながら一林斎はイダテンにつづき、

「えっ」

と、冴、佳奈、トビタも窓際にすり足をつくった。ちらほらと旅人が行き交っている。午過《ひるす》ぎであれば、宿場名物の出女は出ていない。

佳奈も含めさすがに薬込役か、通りから二階を見上げても、一つの障子窓から五人もの顔がのぞいているなど気づかないだろう。

しかし、対手は伏嗅組である。視線を感じ取るかもしれない。隠れた視線は逆に怪しまれる。

即座の判断だった。冴が佳奈をうながし、二人で手すりに身を乗り出した。外からは暇な女客が部屋にいるようにしか見えない。そのすき間から視線を下に投げるのはイダテンだけになった。

「事情を話せ」

顔を引いて問う一林斎にイダテンは視線を外に向けたまま、

「伏嗅組は夜啼石の周辺を丹念に調べております」

なるほど道のまん中に大きな岩があり、往来人は左右に一人ずつ避けて通ることになるのだから、行列がそこにさしかかれば停滞することになるだろう。加えてまわりは岩場をまばらに置いた樹間であり、身を隠すにも弓矢や手裏剣に足場も得られる。

当初から一林斎たちも目をつけていた箇所だ。

「ふむ。それで」

「七人衆のうち二人が山を下りて来ます。わしは樹間に先まわりして駈けて来ました。行列が間違いなく来ているかどうか、物見《ものみ》に来たと思われます」

なおもイダテンは視線を外に向けたまま言い、

「来ました。あの修験者二人」

坂上のほうから頭巾《ときん》を額にあて、絞り袴に素襖《すおう》を着け、金剛杖《こんごうづえ》を手にした修験者が二人、大股《おおまた》で下りて来るのが見える。そのまま往還を下り、出会った場所と太陽のかたむき加減で、行列が金谷宿泊まりになるか佐夜ノ中山を越えて日坂宿まで足を延ばすかを見極めたいようだ。

　イダテンは窓から顔を引き、冴と佳奈がさりげなく修験者二人を視界に入れ、一林斎とイダテンが首を伸ばし二人を確認した。

　修験者二人は二階に気づくことなく、旅籠の前を通り過ぎた。

　一林斎も顔を引き、

「氷室とヤクシを待つことはできぬ。各個撃破、イダテン、トビタ、得物の用意はいいか」

「はっ」

　脇差のほか手裏剣と貝殻に入れた安楽膏は常に身につけている。

「佳奈も行け。三人、生還せよ」

「えっ」

　声を上げたのは冴だった。

「おまえさま」

「佳奈を戦力に加えよ」

一林斎は冴の声を無視するように、視線をイダテンとトビタに向けた。

「承知」

「行って参ります」

イダテンと佳奈の返事が重なった。

こうしているあいだにも、修験者の伏嗅組二人は一歩ごとに遠ざかっている。すでに金谷の町並みを出たであろう。

素早く佳奈は手甲脚絆をつけ、着物の裾をたくし上げ、風呂敷包みを腰に巻きつけて部屋を出た。冴は二階の障子窓から身を乗り出し、道中差に尻端折のイダテン、トビタと往還に見えた佳奈に、

『かなーっ』

叫ぼうとした声を呑み込んだ。あした戦場《いくさば》に出るのが、一日早まっただけである。

その気配を察したか、佳奈は二階を見上げてうなずきを見せ、

「さあ、追いつこう」

トビタの声に修験者二人を追った。一人でも多く敵戦力を削いでおくためである。

部屋には一林斎と冴だけが残った。

「わたしも！」

腰を上げかけた冴に、

「敵の物見は一組とは限らんぞ。襲うのは夜啼石ではのうて、本隊が下りて来るかも知れぬ。そうなれば、佳奈たちは挟み撃ちに遭ってしまうぞ」

「は、はい」

冴も瞬時に一林斎同様、さまざまな場を脳裡にめぐらせた。二人を斃《たお》せば、山中に残る敵は五人、味方は氷室とヤクシが加われば四人……互角に戦える。

さらに一林斎は冴を安堵させるためか、

「不意打ちをかけるのは佳奈たちだ。しかも三人がかりで二人を」

「はい」

冴は返したが、不安の色はやはり表情から消えることはなかった。


三人は金谷の町並みを出た。

「ちょっと待って」

佳奈が樹間に入り、すぐに出てきた。

「お嬢」

「似合いますぞ」

イダテンとトビタは目を細めたのではなく、表情を引き締めた。

佳奈は薬草採りのときの衣装、梅の花模様の絞り袴に筒袖になっていた。鈴ケ森の戦いに着込み、両国橋の戦いにも用いた、あの軽業師のような衣装だ。たとえ腕は拮《きっ》抗《こう》していても、女の着物姿では身動きから不利になる。

「さあ、急ぎましょうぞ」

イダテンの声に一行の足は速まった。イダテンもトビタも振分荷物を佳奈の着物と一緒に樹間に隠し、三人とも身軽に得物のみをふところに入れている。

金谷そのものが樹間の宿場だが、町並みを過ぎれば往還はいっそう樹間の中となる。起伏と湾曲が激しく、江戸と京を結ぶ街道でしかも昼間というのに、ときおり前後に人影の絶えるときがある。鬱蒼と樹々の茂った樹間では、木《こ》漏《も》れ日《び》さえ射さないところもある。

これでは昼間から山賊が出てもおかしくない。実際、出るようだ。夜啼石の伝説もそこから生まれた。だからであろう、道行く者は知らぬ同士が自然に五人、六人とつながって樹間に歩を進めている。起伏に湾曲を重ねる往還に、向かいから似たような一群が来ると、双方ともにホッとした表情になる。

イダテンとトビタと佳奈の三人は、それら一群に加わらなかった。イダテンを先頭に等間隔で佳奈を挟むようにトビタがつづき、黙々と足を速め、すでに幾組かの群れを追い越した。伏嗅組の修験者二人を視界に収め、仕掛けるときに他の者がつながっていては具合が悪い。

修験者二人も群れに加わっていなかった。他人にまとわりつかれるのがうっとうしいのだろう。仕掛ける側にとって、これはつごうがよかった。

ときおり樹間が開け、集落がある。その近くにはかならず小川が流れ、橋がかかっている。

(橋の上で、かつ前後に人の気配がないとき)

三人はすでに策を立てている。

金谷宿から東へ最初の宿場は一里(およそ四キロ)ほどの嶋田宿《しまだしゆく》で、そのあいだに大井川《おおいがわ》が流れ、駿河と遠江の境となっている。大雨のたびに一筋の濁流となったり幾筋にも分岐したりで、舟も橋も渡せない難所の一つである。

(その渡しを越える前に)

これも三人が了解している。いま渡った旅人がすぐまた引き返して来たのでは川越人足に訝《いぶか》られる。それに旅人たちが五人、六人とつながり、その分だけ前後にある程度の、無人の空間ができるのも大井川の手前までである。

大井川まで小さな橋は三箇所ほどあり、その数だけ集落もある。

最初の集落で修験者二人の背を捉えた。佳奈が着物のままだったなら、いくら裾を乱しても、こうも早く追いつけなかっただろう。

渓流の音が聞こえる。短い坂道を登るとわずか十間（およそ十八米）ほど先に欄干のない橋が架かっている。これほどの好機はない。

先頭のイダテンが後方に合図を送ると佳奈が小走りに駈け、最後尾のトビタもふところから手裏剣を出しながら走った。

坂の上から修験者に近づこうとした佳奈を、

「待て！」

イダテンが止めた。

「あっ」

従わざるを得なかった。

「うっ」

と、イダテンと佳奈に追いついたトビタもその場に立ち止まり、ふところの手から手裏剣を離した。

橋の向こうの木陰から五、六人の旅人の一群が出てきたのだ。

修験者二人は背後の人の動きにちらとふり向いたがそのまま歩を進め、一群とは橋の向こうですれ違い、佳奈たちは橋の上でそれらと互いに、

「お気をつけて」

道を譲り合いながらすれ違った。

「気づかれたか」

「いえ、そのままあの二人、歩を進めました」

イダテンが言ったのへ佳奈は返した。だが、用心に越したことはない。

間隔を広げた。樹間を急ぎ曲がっても二人の背は捉えられないほどとなった。

集落に入った。背を捉えたがそこで襲うわけにはいかない。

つぎの橋では間隔を開けすぎていた。

そのつぎは大井川の渡しとなる集落に入った。

「そこで」

と、佳奈が率先して間隔を縮めた。

集落を過ぎると背の低い灌木《かんぼく》群の中に街道はつづき、前方の二人以外に人影はなかった。そこに架かる橋は五間（およそ九米）ほどと、さっきの二箇所より長いことは

分かっている。流れも大井川に近いせいか渓流などではない。

佳奈は駈け出した。橋板に足音が響く。

修験者二人はふり返った。

「ご免なさんし。一艘でも早い舟に乗りたいのですうっ」

すぐうしろにイダテンとトビタが速足でつづき、すでに安楽膏を塗った手裏剣をふところにしている。

「おぉう、娘さん」

修験者二人は佳奈に道を開けた。

「ご免なさんして」

佳奈は二人を追い越し、橋を渡り切る手前でくるりと向きを変え、腰を落としふところに手を入れた。

絞り袴の娘の背を見ていた修験者二人はその異常な行動に、

「えっ」

と、一人が驚いたのともう一人が、

「うっ」

うめき声を上げたのが同時だった。

二人の身がぐらりと揺らいだ。

イダテンとトビタが手裏剣を打ったのだ。三間（およそ五米）と離れていない至近距離からだ。外すはずがない。

揺らぐと同時に一人が崩れ落ち、川面に落ちようとするのを、

「大丈夫か！」

もう一人が支えようとした。手裏剣そのものは心ノ臓に命中しない限り致命傷にはならないが、イダテンの打ったのがその致命傷になっていた。

佳奈が腰を落として見つめるなかにトビタが飛び出し、

「たーっ」

相方を支えていた修験者に脇差で抜き打ちをかけた。修験者は相方を支えた手を離し、金剛杖でトビタの脇差を受けとめた。脇差は金剛杖をまっ二つに斬ったが身体には届かなかった。

――ザブン
片方の修験者は川面に落ちた。

トビタはその場にたたらを踏んでくるりと向きを変え、ふたたび斬り込む態勢に入った。残った修験者は二つになった金剛杖を両手に身構えたが、そのままぐらりと揺

れ川面に水音をつないだ。激しい動きに安楽膏が全身にまわり筋肉を弛緩《しかん》させるのを速めたようだ。

橋板には血痕の一滴もなかった。

すでに川面に二人の死体は見えない。今夜中にも遠州灘か駿河湾に消えることになるだろう。三人は下流に向かって合掌した。

七

帰路についている。

目的達成といえど、直接的な恨みのない者を殺《あや》めたのだ。三人とも無口だった。しかも佳奈の表情に達成感はなかった。

ふり返り、手裏剣を打ち込もうとしたときだ。策のとおり佳奈に気を取られた二人に、背後からイダテンとトビタが手裏剣を打ち込むほうが早かった。たとえ二番手でも……打ち込もうとしたところへトビタが飛び出し、

(わたしの役目は、単に敵の目を逸《そ》らせただけ)

の結果に終わったのだ。

それが佳奈には不満だった。

あとひと曲がりして起伏を越えれば、金谷宿の煙が見えるところまで戻った。

その角から、

「おっ、あれは」

樹林の湾曲から出てきたのは、武士姿の氷室章助と挟箱を担いだヤクシだった。

「おぉ、組頭のおっしゃったとおりだ」

と、氷室たちも駈け寄り、わきの樹間に入った。

本陣でかたちばかりの用件をすませ旅籠に一林斎を訪ねると、佳奈とイダテン、トビタのいない事情を知らされ、あしたの戦場は、

「――佐夜ノ中山、それも夜啼石の近辺。敵方をできる限り斃《たお》しておくが、討ち洩らす場合もあるゆえ、源六君の周囲の警戒は日坂宿に入るまで解くべからず」

一林斎は語った。さらに、

「――伏嗅組の残余人数は五人、いずれも修験者を扮《こしら》え、得物は猛毒を塗った弓矢と手裏剣と予想されるゆえ心せよ」

とも……。

氷室とヤクシは、行列があす夜啼石の付近を通過する時刻を知らせた。

軍議というか、一林斎との打ち合わせはすでに終えていた。

「おぉ。それなら修験者の金剛杖は、仕込みではなかったぞ」

トビタが言った。伏嗅組の戦法は源六への斬り込みではなく、弓矢か手裏剣に間違いない。氷室とヤクシは身をぶるると震わせた。防御戦は、加納久通と小泉忠介との四人で源六を囲み、人間の盾をつくる以外にない。

「だから事前に各個撃破。あしたはさらにそれをつづける」

イダテンが言い、トビタと佳奈が無言でうなずきを入れた。

樹間での軍議が終わると、武士姿の氷室が絞り袴に筒袖の佳奈を見つめ、

「お嬢、立派になられましたなあ」

十数年前を回想するように、しんみりと言った。氷室は加納家の中間として、六歳までの佳奈しか見ていないのだ。

「はい、氷室さま。おかげさまにて。して、道中の源六の兄《あに》さんはいかように」

「朝から晩までご自分で歩きなされ、陸尺が喜んでおりますわい。あのお方らしい」

樹間に笑い声がながれた。源六は駕籠の中ではない。防御戦に、これも重要なつなぎとなる。

旅人の一群が通りかかった。金谷宿を抜けてきたようだ。

「おぉう、わしらも加わるぞ」

「おぉ、これはこれは」

「お武家さまが加わってくだされば、心強うございます」

一群から声が出る。

三人はそれを見送り金谷の町並みに戻ったとき、佳奈は手甲脚絆に着物の裾をたくし上げ、イダテンとトビタは振分荷物を肩にかけていた。

往来にその姿が見えるなり、冴が階《きざはし》を駈け下り、

「して、いかがであった」

無事を確かめるように、三人の顔を順に見つめた。

二階の障子窓からは、一林斎があらたな修験者が来ないか視線を往還にながしている。心中には、

(来よ)

願っている。

佐夜ノ中山の樹間である。立ち上がり背を伸ばせば、灌木の向こうに大きな石が一つ見える。夜啼石だ。

修験者が五人、灌木《き》を伐り倒した一画に円陣を組んでいる。

太陽は西の空にまだかかっているものの、樹間に見える夜啼石のあたりに旅人の姿はない。金谷宿と日坂宿のあいだは一里三丁（およそ四・三粁）にわたってすべてが山間の道である。山中で日暮れを迎えては一大事だ。だから早い時刻から、往還に人影は絶える。

「この時分になお戻って来ぬとは、なにがしかの不手際があったに違いない」

「新たな物見を出しては」

修験者たちが鳩首している。

〝不手際〟とはすなわち、物見に出た二人の素性がばれ、討たれたことを意味する。

「ならぬ」

言ったのは猿橋八右衛門だった。

「かかる被害も考慮のうちだ。二人とも戻らぬは、頼方公の行列が金谷にかなり近づいているということだ。会えぬほど遠くなら、それを知らせに一人が戻っているはずだ。今宵は金谷泊まりで、頼方公の行列はあすの早いうちに必ずここを通る。すでに戦いは始まっており、新たな物見は不要」

戦いの最中に兵を小出しにする愚を、一同は知っている。四人の配下の伏嗅組たちはうなずいた。円陣の中に、半弓が二張《ふたはり》と相応の矢、さらにハマグリの貝殻がいくつか置かれている。手裏剣は、それぞれのふところに入っていよう。


その夜、一林斎らも山中の伏嗅組たちも早めに眠りについた。

かなり離れたところに、金谷宿から戻ったイダテンにロクジュとハシリの三人が、野営を張っている。

旅籠では、

「きょうとおなじことが、あすは山中になるだけです」

「はい」

容易に眠れそうになかった佳奈に、冴はそっとささやいた。横に聞こえる一林斎のいびきが、佳奈には頼もしかった。

八

「お早いお立ちで」

旅籠の女中たちの声だ。まだ暗いなかに、軒行灯《のきあんどん》に火が入った。

夜明け前に発つ旅人は珍しくない。

女中に見送られ、旅籠の玄関を出た影は、一林斎と冴、佳奈にトビタの四人だった。トビタと佳奈が提灯を手にしている。他の旅籠にも灯りは見られたが、さすがに暗い時分に佐夜ノ中山に向かう者はいなかった。大井川のほうなら、渡し場に着いたころに、朝一番の舟が出ることだろう。

「男の人がお二人もついておいでだから、大丈夫と思いますが」

心配そうに旅籠の女中が二人、往還まで出て山間に向かう四人を見送った。

町場を出れば即山間である。樹々のざわめきが、昼間よりも大きく感じられる。

宿場の灯りはすぐに見えなくなった。

冴と佳奈がしばし暗闇に消え、ふたたび提灯の灯りに照らされると、二人とも絞り袴と筒袖になっていた。これで地味な黒装束なら、まったく戦国忍者のくノ一だ。佳奈は梅の花模様で、冴も地味だが黒ではない。これなら昼間、修験者二人を追ったときのように、人前に出ても奇異には思われない。まさに元禄のくノ一だ。

「さあ、足元に気をつけて」

「分かっていますよう。あっ」

「ほらほら」

陽気にやりとりしているのは、互いに緊張をほぐすためだ。

ふもとではすでに明るさが増し、大井川に向かった旅人は提灯の灯りを吹き消していることだろう。樹間でも樹々のすき間に明るさを感じはじめたが、足元にはまだ提灯が必要だ。

「しっ。灯りを消せ」

不意に一林斎が命じ、佳奈とトビタは急いで吹き消し、冴は杖を手に身構えた。すぐ前方に人の気配を感じたのだ。

「待っておりました。ささ、こちらへ」

と、薄闇からにじみ出た影はハシリだった。股引に尻端折で頬被りをし、腰の得物が道中差でなく鉈《なた》か鎌だったなら、土地の杣人に間違われるだろう。

「おぉ、ここで待っておったか」

「へえ。ここなら少々音を立てても大丈夫でさあ」

くだけた口調になって灌木をかき分け一行をいざなったのは、火は使っていないが露営を張った跡だった。イダテンとロクジュが片膝を立て、一林斎らを迎えた。きのうの橋の上の件は、直接手裏剣を打ったイダテンから詳しく伝わっているはずだ。

「あらあら、ここに露営の陣を取ったのですね。ほんとうにご苦労さまでしたねえ」

冴がねぎらいの言葉をかけた。

そこは夜啼石から一丁（およそ百米）ほど離れ、実際に灌木をかき分けても踏み折っても気づかれることはない。樹間にこぼれる明かりから、人の輪郭がはっきりと看て取れるほどとなっている。

円陣を組んだ。一林斎、冴、佳奈にイダテン、ロクジュ、ハシリ、トビタの七人だ。五人となった伏嗅組より、数は有利だ。しかも源六には加納久通に小泉忠介、氷室章助、ヤクシがついており、いざというときには人間の盾を組むだろう。

しかし攻城戦でもない限り、防御は攻撃よりはるかに困難だ。敵を全滅させない限り、勝利とはいえない。一点の齟齬《そご》でもあれば即敗北につながる。

最後の軍議に入った。

きのうの橋の上の不意打ちが、夜啼石の周辺を橋と看做《みな》せば手本となる。山中でなにもなく、敵に気づかれず接近することは不可能だ。

やはり、きのうの策しかない。防御ではなく、仕掛けるのだ。囮《おとり》ではない。敵の注意を引きつけるだけである。だが乱戦となればそれも攻撃対象となり、夜啼石という盾はあってても危険をともなうことは言うまでもない。

「お嬢！」

イダテンとハシリが、佳奈と冴に視線を向けた。二人は霧生院一家が江戸に出たときから道中潜みにつき、いまに至っている。六歳で伊勢街道から東海道を踏破した佳奈の姿も知っている。

「ご新造《しんぞ》さま」

（お強うなられましたなあ）

心中に言っていた。さらにそれが源六の妹であり、紀州徳川家の姫とあっては、いたたまれない思いも心中に宿っていようか。

「うふふ。存分に戦いますぞ」

佳奈は筒袖のふところを叩いた。手裏剣と安楽膏を入れた貝殻が入っている。きのうはそれを手に身構える間合いさえ得られなかったのだ。

木漏れ日が一筋射した。日の出だ。

金谷宿の本陣では、行列の準備を終えたところだろう。

薬込役の小泉と氷室、ヤクシは行列の陣容に一計を案じていた。城代家老の加納久通は難色を示したが、源六がおもしろがって採用となった。

朝日を受け、

「お立ちーっ」

例によってカラの権門駕籠の駕籠尻が地から浮き、行列は出発した。夜啼石のところまで、一刻（およそ二時間）はかかろうか。

その一丁ほど手前の樹間では、

「行くぞ」

「おーっ」

一林斎の号令に、それぞれが手裏剣に安楽膏を塗り、立ち上がった。いくらか吹いていた風は熄《や》み、樹々のざわめきが消えていた。

九

夜啼石の近くまでは、往還のゴロタ石を踏んだ。

急な上り坂に歩を進めながら、一林斎はときおり歩をとめ、

「まずいなあ。吹いてくれぬか」

頭上の樹々を仰ぎ見た。風がない。一同のゴロタ石を踏む音がことさら大きく聞こえる。樹々にざわめきがないのだ。これで樹間の灌木群に踏み入れば、兎《うさぎ》か猪《いのしし》にでも化けない限り、すぐに気づかれてしまう。だが、行列は一歩一歩と近づいてい

る。実行する以外にない。

一林斎は踏み出した歩をふたたび止め、

「よしっ、行け」

「承知」

イダテンとハシリが上り坂に歩を速め、ロクジュとトビタが樹間に戻り、音を立てないように用心深く灌木をかき分けた。江戸で一つ屋根の下で、気心の知れた者同士の組み合わせである。

陽は東の空にさきほどよりは高くなり、あと一曲がりすれば夜啼石が見える地点まで来ている。

イダテンとハシリが夜啼石にさしかかった。

樹間に潜む五人の伏嗅組はすでに臨戦態勢に入り、この二人を視界に収めていることだろう。

実際、

「おっ、早いやつらもいるものだ」

「土地の者だろう」

と、その影に演習のつもりか弓勢《ゆんぜい》二人は半弓を構え、他の二人は手裏剣を握った手を頭上にかざした。

それらは一林斎たちの足をとめている箇所からは見えない。見えるのは、黙々と夜啼石を通り過ぎた二人の背のみである。

「佳奈」

「はい」

つづいて冴と佳奈が踏み出した。絞り袴に筒袖でも笠をかぶり杖を手に、腰に風呂敷包みを巻いている。女の旅人に見えるはずだ。

一林斎一人が残った。作戦が始動したからには、差配というより臨機の遊撃勢である。正面から樹間に飛び込み、長尺苦無を武器に伏嗅組へ突進する身ともなろうか。もちろん苦無の切っ先にも、それぞれの手裏剣とおなじく安楽膏を塗っている。

(うーむむ。まずいぞ)

その長尺苦無を手に、一林斎はうなった。風は凪《な》いだままで、依然として樹々は葉ずれの音さえ立てず、静まり返っている。

「さあ、カカさま。早う、早う」

足音を立てて夜啼石に駈け寄り、

「これですね。ふもとで聞いた、夜に泣く石とは。岩みたい」

「待って、待って。もう疲れて」

冴が遅れて夜啼石にたどりつき、手を石について身を支えた。二人とも大きな声だった。かつては佳奈の背丈より大きかったのが、いまでは腰のあたりまでである。それにしても大きい。石というより岩である。

夜啼石の左右は松の木の樹林群で、上りの左手に急峻な斜面がつづき、右手は平らな樹間に灌木群が街道に沿っているが、知らず数歩踏み込めばすぐ底知らずの絶壁となっている。

ということは、伏嗅組が陣を構えているのも、イダテンとハシリ、ロクジュが野営を張ったのも、左手の斜面ということになる。

追いついた冴は果たして〝母親〟か、わが身を佳奈の左手に置いた。

「ほっ。こんどは女の二人連れか。母娘《おやこ》のようだなあ」

「あの娘、なんと元気な。息せき一つ切っていないぞ」

樹間で低声を交わす五人は、こんどは弓矢を構えることなく夜啼石を珍しがる母娘を、目だけで追った。同時だった。

「ん?」

猿橋が首を左右に振った。配下の四人もそれにつづき、弓勢二人は弓に矢をつがえ、他の二人も猿橋とともに手裏剣を手にした。いずれにも安楽膏に似た毒薬が塗られていることは言うまでもない。

いずれかに灌木の擦れる音がしたのだ。

(兎や狐の類ではない)

猿橋らは互いに顔を見合わせ、うなずきを交わした。

街道からはなおも聞こえる。

「カカさま。押しても動きませぬ。上に乗ってみましょうか」

「これこれ、よしなさい。若い娘が」

「誰も見ておりませぬ」

声は樹間に入ったイダテンとハシリにも聞こえている。

「行くぞ」

「おう」

イダテンの押し殺した声にハシリがつづいた。伏嗅組の所在地点に、すこしでも近づこうというのだ。しかし、佳奈たちの大きな声とともに、灌木の擦れる音を猿橋ら伏嗅組に拾われていた。

夜啼石のすこし下方の陰から、

（あぁあ、よせよせ。それ以上身をさらすな！）

石によじ登ろうとする佳奈に、一林斎は胸中に叫んだ。

だがそれは、佳奈には伝わらない。佳奈は故意に目立とうとしている。

冴と佳奈が夜啼石を小道具に伏嗅組の注意を引き、その隙にイダテンらが手裏剣の確実に打てる五間（およそ九米）ほどまで近づき、冴の合図で一林斎は街道から、山中の四人は左右からと、一斉に打ち込む算段なのだ。最初の一撃で討ち洩らした者がいても、敵の退路は一方向しかない。その場で追いかけ討ち取れる可能性は高い。ちなみに猿橋ら伏嗅組は、街道から三間（およそ五米）ほどの樹間に布陣している。

行列が来るまでに敵を殲滅するにはこの方途しかなく、しかも策には夜啼石のほかに、雨か樹々のざわめきという、もう一つの小道具も必要だった。雨はともかく、風の凪《な》いだ日など、山間の街道にはほとんど考えられないことだった。その考えられない日に、行列は佐夜ノ中山に入り、すぐそこまで来ている。

イダテンとハシリが、葉ずれまですくい取られるような至近距離から樹間に入ったのは、最初から少しでも近づいておこうと、この悪条件に抗したからにほかならなかった。

「そうか、薬込役たちが来ておったのか」

猿橋は直感すると同時に、伏嗅組の一同はイダテンとハシリの二度目の動きでその所在を知った。弓矢はその方向に向けられ、手裏剣の二人も身をかがめたまま手を頭上にかざした。灌木の中であれば、互いに方向は分かっても姿は見えない。見るためには立ち上がり、みずからの身もさらさなければならない。

「カカさま、登りました」

「これ、はしたないことを」

また聞こえた。イダテンとハシリは声に合わせ、再度移動した瞬間だった。

「放てっ」

低い声とともに伏嗅組四人が一斉に立ち上がり、二張の弓弦《ゆづる》が低い音を立て、

「えいっ」

手裏剣組二人が頭上にかざした腕を振り下ろした。

「あっ」

イダテンとハシリの声は同時だった。二人は刃物の風を切る音を聞いた。

「うっ」

「おぉぉ」

胸に矢を受けたイダテンを支えようとしたハシリも、肩に熱いものが走ったのを感

じた。手裏剣だ。

異状は佳奈の目に入った。

「あそこっ」

叫びながら石の上に身を伏せるなり伏嗅組たちの見えた方向を指さし、さらにふところへ手を入れた。反撃の手裏剣である。

その刹那《せつな》、冴が佳奈の示した樹間に飛び込み、手裏剣を一本放った。だが敵影の見えないまま勘で放った一打は外れた。冴は樹間に身をかがめ踏み込みながらふところにつぎの手裏剣を探った。

一林斎も奔《はし》った。ゴロタ石の道を駈け登り、樹間に分け入った冴を追うように灌木群に飛び込み、

「佳奈！　石から降りよ！」

叫ぶと同時に冴の脇をすり抜け、伏嗅組の陣に長尺苦無を振りかざし向かった。

ロクジュとトビタはまだ離れていたが、この動きに気づかないはずはない。

「走るぞ！」

「おうっ」

身を起こし伏嗅組の陣に灌木群を踏みしだいた。

「なんと！」

猿橋は、敵が一方向からだけでないことを覚《さと》った。

「引けいっ」

命じたとき、すでに身近に迫った一林斎に向かい二人が飛び出していた。地形は有利だ。上から跳び下りるかたちになる。

その敵影は佳奈からも見える。

手裏剣を打つより、

「あぁぁぁぁ」

声を上げた。それらのすべてに動きがあり、手裏剣で狙いを定めるのは困難だった。

二人が下へ跳び下りるように金剛杖ではなく匕首《あいくち》をふりかざし、駈け登ってきた一林斎に襲いかかった。

「うっ」

一人が宙に飛んだ瞬間うめき声を上げ、灌木群に崩れ込み数回転、樹々に音を立てた。

一林斎はこの瞬間、一人に集中できた。

――キーン

振り下ろされた匕首を長尺苦無がはね返すと同時に、ぶつかりそうになった対手の身をかわし、

「たーっ」

苦無を首筋に打ち込んだ。

――グキッ

骨の砕ける鈍い音に、その身が灌木に埋もれる音がつづいた。

石の上の佳奈から、それらの一部始終が見える。

「あぁぁぁぁ」

ふところに入れた手は手裏剣の柄を握りしめているのに、取り出すのを忘れ一林斎と冴の捨て身の技に見とれた。

冴の打った手裏剣は対手の喉笛に深く刺さり、一林斎の苦無はもう一人の首の骨を砕き、安楽膏が体内にまわるまでもなく即死だった。

さらに二人は息が合っていた。一林斎は最初の仕事を終えるなり灌木を上へかき分け、敵陣に飛び込んだ。

いない。

佳奈が夜啼石を跳び下り樹間に飛び込むのと、ロクジュとトビタが敵陣に踏み込むのが同時だった。

佳奈は灌木をかき分け、急斜面を駈け登り、

「父上！　母上！」

敵陣に踏み込んだ。

「馬鹿！」

飛び出た冴が佳奈に組みつき押し倒した。

――シュッ

音が走り、佳奈の飛び出て来た樹々のあいだに吸い込まれた。

「ふーっ」

一林斎は息をつくなりそこからまた斜面に飛び込む態勢に入った。

このとき、猿橋とともに斜面の上へ狐の樹間を抜けるがごとく退いた二人と、すぐ近くまで駈け寄り身を伏せたロクジュとトビタ、伏嗅組のいた左右に跳び散った一林斎と冴の陣営が互いの所在を求め、樹々の揺れがあれば即座に手裏剣を打つか矢を射る態勢に入っていた。

佳奈に手裏剣を打った伏嗅組の姿が見えた。好機だ。ロクジュとトビタが敵に身を

さらした。頭上にかざした腕が振り下ろされた。その姿は灌木群に消えた。反射的に一林斎が身を上げた。ロクジュとトビタを狙う動きがあれば即座に突進する構えだ。

樹間に人の崩れ落ちる音が聞こえた。命中したようだ。

敵陣営から矢が一林斎に飛来した。

「あぁあ」

——カシャッ

冴の悲鳴に一林斎の苦無が矢を打ち払う音が重なった。

さらに同時だった。

——ザワザワザッ

灌木の擦れる音が立った。かなり長かった。しかも二箇所からに思えた。矢を落としたばかりの一林斎に打ち込む余裕はなく、悲鳴を上げた冴も同様だった。ロクジュとトビタも二打目を即座に打ち込める態勢にはなかった。さらに佳奈は彼我《ひが》の状況を察したばかりで、即座に対応できる状態ではない。

伏嗅組は二人残っている。その位置を見失った。しかも二人は異なる場に身を潜めた。一林斎を狙った矢は、その態勢をつくるための陽動作戦だったのかも知れない。

そのために一人を犠牲にした。恐るべき集団だが、それができるのは、差配がまだ健在なことを意味しようか。猿橋八右衛門は、まだ生きている……。

戦況は膠着《こうちゃく》している。

佳奈にも解る。

至近距離だ。

佳奈はこれまで覚えなかった恐怖に手足の震えるのを感じた。

攻撃しようと動けば敵に自己の所在を知らせ、反撃を受けることを意味する。それを可能とするため、二人残った伏嗅組は二手に分かれた。

薬込役は元敵陣地の片側に一林斎が、もう一方に冴と佳奈が布陣し、すこし上手にロクジュとトビタが身を伏せている。陣の数からも人数からも、味方が優勢である。

だがその優勢のなかに、犠牲を惜しめばさきに進むことはできない。

イダテンとハシリはまだ息があるかも知れない。それを確かめることも看取《みと》ることもできない。

(許せ！)

一林斎も冴も、心中に詫びる以外になかった。

樹々のざわめきもない静寂のなかに、一林斎は思考をめぐらせた。

猿橋ら二人は多勢に無勢となったなかにも、一林斎たちの位置をほぼ知っている。

その意味からは、敵のほうが優勢ではないか。
(その優勢を活《い》かし、なぜ一人でも多く斃《たお》そうとしない)
思ったとき、心ノ臓が高鳴るのを覚えた。
(敵の目的は、あくまで源六君に手裏剣か矢を打ち込むところにある)
膠着のつづく戦況に、犠牲を覚悟に瞬時身をさらせばそれは可能だ。
一林斎は迷った。この中の誰か一人を犠牲にすれば、敵一人を斃すことができる。
もう一人を犠牲にすれば、それで敵は殲滅できる。
敵陣跡をはさみ、冴、佳奈と一林斎は、互いにその身を確認できる。
冴は佳奈の肩を抱き寄せ、かすかに首を横に振った。おなじことを考えたようだ。
(うううっ)
一林斎が心中にうなり声を上げ、なおも迷っているのが冴には看て取れる。

十

下手のほうからゴロタ石を踏む無数の足音が聞こえてきた。
行列が登って来たのだ。

思考にも躊躇にも余裕はない。

あるのは、

（機会はただ一つ）

一枚《ひとひら》の葉ずれにも敵の動きを察知し、姿を見せ行列の源六に矢か手裏剣を打ち込むより早く冴と佳奈が手裏剣を放つのみである。ロクジュとトビタも事前の打ち合わせはできずとも、それは承知していよう。おそらく敵二人を分担し、同時に狙うことを算段しているだろう。

斜面の上から、身を隠しているもの同士は姿が見えないが、下の夜啼石は見える。伏嗅組二人からも見えているはずだ。だからいま、二人は捨て身の持久戦をとっている。事前に打ち込めるか……成就は間一髪の差にかかっている。猿橋はそれを自覚していよう。

もう一つ、防御の方途はある。一林斎から敵殲滅のつなぎがないため、小泉たちが警戒を厳にし、飛来する矢か手裏剣を払い落とすことである。

足音が近づいてきた。

先供《さきとも》が見えた。

一列になっている。打ち込むには願ってもない隊形だ。そこからも猿橋が襲撃の場を佐夜ノ中山に定めた理由が窺《うかが》える。

　行列のそれぞれが思い思いに夜啼石を右に左に避けて歩を進めている。駕籠も通った。前後に加納久通と小泉忠介がついている。

（ん？）

　斜面の樹間で首をかしげ目を凝らしたのは、一林斎だけではなかった。冴も佳奈もロクジュにトビタも、

（どうなっている）

　一様に思い、猿橋たちも、

（…………？）

　思いながら目を凝らしているに違いない。

　行列の中に、源六の姿がないのだ。中間姿の氷室とヤクシの姿もない……。

　まさか、

（駕籠の中）

　あり得ない。

　猿橋たちにも、駕籠に打ち込む気配はない。葉ずれ一枚の音も立たない。迷っている。ただ、確実性のないことに命は張れない。

堪《こら》えたようだ。

最後尾の助郷の人足たちが夜啼石を通過した。

「おっ」

一林斎は小さく声を洩らした。

こうした昼なお薄暗い難所によく見られる光景だが、大名行列のうしろに男や女の旅人がつながっている。金谷宿からついて来たのだろう。昼間でも山賊が出るかもしれない難所に、これほど安全に旅ができる機会はない。

なんと、その旅人のなかに、尻端折の若い二本差しが混じっているではないか。源六だ。前後を氷室とヤクシが固めている。旅人たちには、いずれかの若い下級武士とその供の者と見えていることだろう。

小泉が案を出して加納が難色を示し、源六がおもしろがったのは、この町人の群れに紛れ込むことだった。

（なるほど。源六君らしい）

一林斎も冴も、緊張のなかについ頬をゆるめた。難をいえば、町人のなかに尻端折でも二本差しに中間姿が寄り添ったのでは、それだけで目立つという点か。

猿橋はその難点を見破った。

った。

町人たちの群れが、

「ほう、この石があれか」

「ほんにまん中だわい」

などと言いながら夜啼石にかかり、氷室、源六、ヤクシの順にそこを過ぎたときだった。

葉ずれの音だ。

冴も身を起こし手裏剣を打つより、葉ずれの音を立てた修験者が頭上にかざした腕を振り下ろすのが一瞬早かった。

が、さすがに冴の手裏剣である。灌木を突き抜け左肩に命中していた。

一林斎は苦無を手に飛び込もうとした身を止めた。一瞬遅れて上手のほうにも葉ずれの音が立ち、半弓を構えた修験者の姿が目に入ったのだ。矢は松の葉のあらぬ方向に飛び、その身はぐらりと揺らいだ。ロクジュとトビタが手裏剣を命中させたのだ。首筋と右肩だった。二箇所も、もう助からない。息を引き取る間合いは、ほんの数呼吸のあとだろう。

源六をはさみ夜啼石を抜けた氷室とヤクシも、斜面のすぐ上に人影の立ったのに気づいていた。瞬時に氷室とヤクシは源六の左側に……歩は間に合わない、前後から上体をかたむけた。

「うっ」

かすかなうめきは氷室だった。左肩に手裏剣を受けていた。背後のヤクシが素早く抜いてその身を支えたが、もう助からないことは分かっている。

「ちょいと用足しに」

うしろからなかば抱きかかえるように樹間に入った。

「用足し？　歩けなくなるほどがまんしていたかね」

群れの中から声がかかった。

源六は異変のあったことに気づいたか、

「わしも」

ヤクシと氷室のあとにつづいた。

樹間の斜面では、

「うぐぐぐ」

低いうめき声が洩れた。冴が手裏剣を命中させたあたりだ。残った弓勢一人はロクジュとトビタが斃した。ならばうめきは猿橋八右衛門ということになる。

「わたし、見てきます」

灌木群をかき分けようとした冴を、

「よせ」

一林斎はとめた。

「武士の情けだ。死に際を敵にさらしたくはなかろう」

「は、はい」

冴は解した。

猿橋八右衛門は、満足感のなかに死を迎えようとしている。氷室が人間の盾となったとき、猿橋はすでに冴の手裏剣を受けていた。邪魔が入ったことを、猿橋の目は確認していない。

行列はなにごともなかったように、薬込役と伏嗅組の戦場の跡を通り過ぎた。源六は樹間から小泉忠介に連れ戻され、幾度もふり返っては心中に手を合わせた。

三　五十五万五千石

一

「先生よう、なんかおかしいですぜ」

夕刻近くだ。

留左《とめざ》が縁側から、療治部屋の一林斎に疑問を投げた。

町内にお産があって冴と佳奈が出かけ、きょう最後の患者である腰痛の婆さんが帰るのを待っていたように、庭の薬草畑の手入れをしていた留左が縁側に腰を下ろし、明かり取りの障子を開けた療治部屋のほうへ身をねじった。

「なにが？」

一林斎は鍼の手入れをしながら、首をかしげた。

「なにがって、お嬢でさあ。まさか、お伊勢さんで狐でも憑《つ》いたんじゃ」

「なにをわけの分からんことを」

一林斎は手をとめ、縁側の留左をじろりと睨んだ。

イダテンとハシリと氷室章助の遺髪は、小泉忠介とヤクシが密かに和歌山城下の組屋敷へ持ち帰った。

「――すまぬ」

遺髪とともに和歌山へ発つ小泉とヤクシの背に、討死した三人へ詫びるように一林斎は手を合わせ、冴と佳奈はふかぶかと頭を下げ見送ったものである。

もちろん伏嗅組の遺髪も、駿河湾か遠州灘に流れた二体をのぞき、土地の無縁寺へ供養料を添えて納めた。ただ、猿橋八右衛門の死体は見つからなかった。冴が猿橋に手裏剣を打ち込んだすぐ近くに、杣人《そまびと》しか気づかないような急峻な崖があり、そこの灌木群に血痕が見られた。

「――落ちたか」

一林斎はつぶやき、崖の下を見つめ冴とともに合掌した。

佳奈にとってそれら一連の戦いの衝撃は、かつて悲願成就を前に割腹して果てた萱野三平、討たれた吉良上野介、討った片岡源五右衛門や礒貝十郎左衛門らの切腹がつづいたときよりも大きかった。

イダテンとハシリはいつも職人姿で霧生院に来ては、〝お嬢、お嬢〟と佳奈を呼んでいた。その二人がすぐ近くの樹間で静かに死を待っているというのに、駈けつけることもできなかった。

戦いが終わり、灌木をかき分けた。すでに息はなかった。二人ともその死に顔に苦痛の刷《は》かれていなかったのが、わずかに佳奈の心を慰めた。

しかし声を震わせ、

「――これが、これが薬込役の戦いなのですか！　これが、これが」

佳奈は幾度も叫んだ。

このとき日坂宿《にっさかしゅく》に入った源六から小泉忠介を通じ、まだ山中にいた一林斎たちに書状が届けられた。

――許せ
自筆の二文字のみが走っていた。源六も、書くべき言葉がなかったのだ。

そのあと一林斎と冴、佳奈の〝家族〟三人は、留左たちへ触れたように伊勢参りをすませ、帰りには鎌倉、江ノ島にも足を延ばした。一林斎と冴にとって、佳奈を慰めるためだけではなかった。自分たちの心身も、洗い流したかったのだ。

鎌倉の鶴岡《つるがおか》八幡宮に参詣したときだった。社殿に柏手を打ち、石段を下りながら、

「――わたし、なにもできなかった」

ぽつりと佳奈は言った。大井川近くの橋の上でも佐夜ノ中山でも、佳奈は手裏剣を打つ間合いを得られなかった。

「――なに言っているの。しっかりお役目を果たしたじゃないの」

「…………」

冴が言ったのへ佳奈は応《こた》えず、また独り言のように言った。

「――これで、よかったのかも知れない」

佳奈はすでに、自分を見つめられる年齢なのだ。


長い〝お伊勢参り〟を終えて江戸へ戻ったのは、あと数日で皐月《さつき》(五月)に入るという暑い日だった。

皐月に入り、万緑の庭の薬草畑から留左は療治部屋に一林斎が一人になったのを見て、縁側に場を移したのだった。

「どうもおかしい。お嬢の笑顔さあ、わざとつくろっているような、どこかぎこちない……。そう思いやせんか」

「あぁ、そのことか」

心当たりがあるのか一林斎は返し、いくらか間を置き、

「あはは。長旅から戻ってまだ間なしだ。それにこの暑さだしなあ、疲れがとれ切っていないのだろう」

「疲れが？　先生やご新造さまはそう見えやせんが」

なおも問おうとする留左をふり切るように、一林斎はとめた手をふたたび動かし、鍼の尖端を砥ぎはじめた。

「…………」

一林斎が鍼砥ぎに入れば、一心不乱になることを留左は知っている。不満そうに、留左はまた畑に戻った。

ロクジュとトビタは、一林斎たちよりも数日早く千駄ケ谷に戻り、

「おう、お大名の人足はどうだったたい。日光はけっこう涼しかったぜ」

などと、とっくに戻っていた平太に話しかけるなど、普段の際物師《きわものし》の日々に戻っていた。

ロクジュやトビタたちよりも霧生院になじみ深い、イダテンとハシリが戻っていな

い。

「――あの二人、急に国おもての役務に就くことになってなあ」

と、一林斎は留左に話し、戦いがあったことは話していない。

それが薬込役の戦いなのだ。戦いはつづいている。だが隠密集団とあっては、勝っても負けてもおもてにすることはできない。もちろんそれは、上杉家の伏嗅組もおなじである。

赤坂御門外の上屋敷の奥御殿が、猿橋八右衛門配下の伏嗅組が殲滅されたらしいことを知ったのは、一林斎たちが江戸に戻ったのとおなじころだった。

城代家老の布川又右衛門《ふかわまたえもん》から、

――松平頼方さまご着到

の知らせが、大名飛脚を経て綱教《つなのり》にもたらされたのだ。

光貞は帰還したロクジュとトビタから報告を受け、上屋敷より早く状況を知ったが知らぬふりをしていた。

源六の行列は、尾張《おわり》の宮宿《みやしゅく》（熱田《あつた》）で二手に分かれた。カラの権門駕籠を中心にした本隊は加納久通《ひさみち》の差配で宮宿から美濃路《みのじ》を北にとって越前に向かい、源六の一行は小泉忠介の差配でそのまま東海道を進み、摂津《せっつ》を経て紀州に入った。綱吉将軍から賜《たまわ》った葛野藩が気に入らなかったわけではない。ただ源六の不羈奔《ふきほん》放《ぽう》さが、三万石の領地では収まり切れないのだ。

小泉差配の一行は、挟箱の中間《ちゅうげん》を入れても十人ほどだった。そのほうが源六の奔放さを受け入れやすい。そのなかで小泉の役務は、国おもての児島竜大夫が遣《つか》わした道中潜みたちの差配のみだった。そこに小泉は一林斎と同様、

（これが源六君）

と、満足している。もちろん、事件は起こらなかった。

綱教と矢島鉄太郎、それに上杉家の為姫《えいひめ》は地団駄を踏み、人知れず歯ぎしりした。判っているのは平太、吾市、又八の三人が戸塚宿から引き返してきたことと、頼方こと源六が無事に和歌山に入ったことだけである。猿橋以下七人の伏嗅組が一人として生還しないのだから、どこでどのような戦いが展開されたかも判らない。鈴ケ森と両国橋では、意図は阻止されても損害は一人だった。東海道では精鋭が七人も行方知れずとなり、なんらの成果も上げられなかった。上杉綱憲《つなのり》の、為姫の求めに応じる気分は急速に萎《な》えた。

千駄ケ谷で下駄の歯直しを張っている下駄爺の茂平と、その息子と触れている平太

が鳩森八幡の前で、商いに出ようとしていたロクジュとトビタを呼びとめ、

「世話になりましたなあ。わしら、引っ越しすることになりましたのじゃ」

と、挨拶をしたのは、月が皐月になってからすぐだった。引っ越し先は言わず、ロクジュらも訊かなかった。

「ほう。桜田橋御門外の上杉藩邸に引き揚げるか」

報告を受けた一林斎は言ったものだった。

だが、それが千駄ケ谷の監視が源六のお国入りで当面は不要となったための一時的な措置か、綱教と為姫の要請からの撤収を意味するかは不明だ。

いずれにせよ、一年後か二年後に源六は参勤交代でまた江戸へ戻ってくる。そのときのために一林斎は引きつづきロクジュを千駄ケ谷にとどめ、トビタをイダテンとハシリの後釜《あとがま》として赤坂の町場に入れた。

「あっしゃ伊太さんとは友だちでねえ、伊太さんたち、元手を出す人がいて上方《かみがた》で印判の暖簾を上げることになりましたのさ。それで空き部屋になったここにあっしが。いえね、これまで千駄ケ谷に住まいしておったのだが、あんな辺鄙《へんぴ》なところ、どうも商いにゃ不便でやしてねえ」

と、長屋に入った日トビタは住人たちに言っていた。辻褄《つじつま》の合わない話ではなく、

「ほう。それはいいことじゃ。あの人ら、上方の出だったからなあ」

と、住人らはなんら訝《いぶか》ることなく、

「えっ、あっしの商いですかい。へへ、際物師で。へえ、よろしゅう」

住人から問われ、トビタは小柄な身で〝正直〟に応えていた。

氷室章助の後釜は入れなかった。というより、氷室は紀州家から葛野藩の大名行列に出向したのであって、葛野藩城代家老の加納久通から、

――道中にて病死、過労によると推察される。合掌
との連絡を受け、藩邸内で後任のやりくりはおこなわれた。

一林斎も、〝光貞公の使番〟を果たして江戸へ帰って来た小泉忠介に、ヤクシを氷室の後任に入れる工作をせよといった下知はしなかった。つまり、小休止である。

そのヤクシが小泉と一緒に千駄ケ谷の下屋敷に戻って霧生院に顔を見せたとき、役務のつなぎを終えると、

「で、大番頭《おおばんがしら》のようすはいかに」

冴は訊き、

「息災でしたか」

と、佳奈も膝を前に進めた。冴の父親であり、佳奈には〝祖父〟になる。ならばそ

の問いも、薬込役として知らねばならない一環である。ヤクシは世辞など排し、

「すっかり衰えになられ、杖があればまだ歩行はできますが」

と、ありのままを伝えた。

年勾配が光貞とほぼおなじとあっては無理もないが、かつては京から式神《しきがみ》を追って江戸まで出張《でば》っていたことを思えば、やはり衝撃であった。こたびの源六出迎えの道中潜みも、みずからは城下の組屋敷にあって、配下を出しただけだった。それを小泉はよく差配した。

世代交代の時期は迫っている。つぎの紀州藩薬込役大番頭は霧生院一林斎であり、江戸潜みの組頭は小泉忠介になろうか。そうなれば、霧生院一家は江戸を離れ、佳奈をともない和歌山城下の組屋敷に入らねばならない。その容姿は、もうかつての女《め》童《わらべ》ではないのだ。以前の城内を知っている藩士や腰元が、城下で佳奈とすれ違えばハッとし、

「はて?」

と、ふり返り、たちまち城内、城下を問わず、なにがしかの噂が立つだろう。

そこへもって城代家老の布川又右衛門は、光貞の隠居によって綱教が三代藩主となったとき、江戸藩邸から差遣された綱教側近中の側近なのだ。

元凶の綱教が藩主である限り、布川への暗殺下命の範囲はさらに広まることになるだろう。

二

江戸潜みの薬込役が、佐夜ノ中山の戦いのあと、初めて一同で会する〝頼母子講〟を持ったのは、すでに秋となった葉月《はづき》（八月）のなかばだった。国おもての児島竜大夫から、源六のようすを知らせる文《ふみ》が霧生院に届いたのだ。いつもの日本橋北詰の小ぢんまりとした割烹で、中食《ちゅうじき》を兼ねていた。

「あらあら、きょうはこれで皆さまおそろいでございますか」

膳の数を訊きに来た仲居が参会者を見まわした。医者に女薬籠持に武士、中間、町人と顔ぶれは多彩だが、いつもいた職人姿が見えず数も少ない。

「ちょいとのう」

一林斎は曖昧《あいまい》に返し、仲居は退散し部屋にしばし沈黙がながれた。

いないのは印判師のイダテンとハシリ、使番中間の氷室章助である。

「さあ。始めましょう、父上」

気丈に言ったのは佳奈だった。以前なら薬込役の〝頼母子講〟に佳奈は出たがり、お供として薬籠を小脇に抱えたときには、一人前になったような、浮き浮きした気分になったものだった。

ところがきょうは霧生院を出るとき、

「――母上。わたしが留守居をしますゆえ」

冴に言った。

「――そなた一人で療治処が看《み》れますか」

などと言われ、しぶしぶ〝頼母子講〟への薬籠持についたのだった。

一林斎も冴も、そのような佳奈の変化には気づいていた。佐夜ノ中山のあと、伊勢に参り鎌倉に足を延ばしたときから、それはすでに始まっていた。

神田須田町に戻りこれまでの日常に入ってからもそうだった。笑顔をつくるにもぎこちなく、留左が〝なんかおかしい〟と心配したのも無理はなかった。

珍しく療治部屋にも待合部屋にも患者がいなくなったとき、縁側で薬研を挽いていた佳奈は不意に手をとめ、

「――あの人たちにも、陰で悲しんでいる人たちがいるはずよね、きっと」

ぽつりと言ったことがある。

〝あの人たち〟とは、大井川に近い橋の上で、さらに佐夜ノ中山で安楽膏を打ち込んだ伏嗅組たちのことである。

一林斎と冴はなにも返さず、ただ黙って顔を見合わせた。いま佳奈の口から洩れたのは、常在戦場の薬込役にとって、念頭にあってはならないことなのだ。

「そうそう、始めようぞ」

佳奈にうながされ、一林斎は一同を見まわした。武士姿の小泉忠介と中間姿のヤクシ、町人姿は千駄ケ谷の町場で際物師の日常を送っているロクジュと、赤坂御門外の長屋におなじ際物師との触れ込みで入ったトビタの四人だ。

「まず、見よ」

一林斎は竜大夫からの文を一同に示した。符号文字で、佳奈はすでに日をとおしている。そのとき、佳奈の表情にふと翳《かげ》りが走ったのに冴は気づいた。だがそれは、誰にも言わなかった。冴の表情にも翳りが射していたのだ。

文は、小泉忠介から順に一同の手をめぐった。

——若の行状、相変わらず奔放にて苦労致し候《そうろう》。城代家老ら常に若より日を離さず、不穏なり。元凶に静かにお眠りいただくを思案いたし候短く単刀直入で、重大な内容だった。一林斎を含め一同は互いに顔を見合わせ、部屋の空気は張りつめたものとなった。

国おもてで〝元凶〟といえば、城代家老の布川又右衛門を指す。その布川に〝静かにお眠りいただく〟とは……、一同の脳裡に共通したものが走った。それを低く口にしたのはヤクシだった。

「毒殺？」

これまで下屋敷で小泉とヤクシが、上屋敷では氷室章助が最も神経をすり減らしてきたのは、綱教の側からの頼方毒殺だった。それらしい兆候を阻止したこともある。だがこればかりは、仕込んでいる現場を押さえない限り、手証《てしょう》にはならない。さいわい矢島鉄太郎の差配では毒薬の入手も困難で、薬込役たちの防御網を破って源六の口に毒薬を入れるのは無理だった。

だが薬込役なら、調合も手段もお手のものだ。

しかしそれは、堂々と戦って敵を斃すのではない。毒殺など、成功してもこれほど後味の悪いものはない。もし実行したなら、命じた者も動いた者も、それが精神上の外傷となり、一生消えることはないだろう。

その行使を竜大夫は示唆してきたのだ。だが〝思案いたし〟と、迷いを見せている。これまでの竜大夫には見られなかったことだ。

「いかにすべきか」

一林斎はまた一同を見まわした。

「お待ちください」

「ふむ」

小泉忠介が言ったのへ、一林斎は待っていたように視線を向けた。

「大番頭がさような策を考えるのは、お年のせいでしょう」

「わしもそう思います」

すかさずヤクシがつないだ。

小泉とヤクシは源六の一行につながって和歌山に入り、佐夜ノ中山でのようすを見島竜大夫に報告した。数日を組屋敷で過ごし、竜大夫の日常にも接している。それが冴にも報告した〝すっかり衰えに〟だったのだ。

余命は幾許《いくばく》か、防御よりも〝元凶〟を葬り、早く楽になりたい……。

竜大夫を城代家老暗殺の思索へ駆り立てたのは、老人の焦りではないか。すなわちこたびの文は、竜大夫の心身の衰えを示すものであった。一読し、冴が表情に翳りを見せたのはそこだった。

「――兄《あに》さん、罪つくりな人……可哀相」

佳奈がぽつりと言った。佳奈の表情に翳りが走ったのはそこだった。一緒に野原をまた川原を駈けめぐった源六が、血筋高貴の身であったばかりに、長じて周囲を翻弄し命のやりとりまでさせている。それが〝罪つくり〟で、〝可哀相〟なのだ。

「つまり、これをどうするか……だ」

間を置かず一林斎は口を開いた。そのための、きょうの〝頼母子講〟なのだ。

一林斎も佳奈も含め、一同の想いは一つだった。

（いかにして毒殺を思いとどまらせるか）

老いの身に、精神的な外傷は負わせられない。

方途は一つ、竜大夫が安堵するほどの、完璧な防御網を敷くことである。

「よし、それでよし」

と、ある案に一林斎は同意した。

もともと虚弱な体質であった上杉綱憲《つなのり》が、去年極月に実父の吉良上野介が討たれた衝撃につづきこの夏の暑さもこたえたか、すっかり寝たきりの状態になり、生きる気力も失せたようだとの知らせが入っている。加えて猿橋八右衛門の一隊が殲滅されたとあっては、

「新たな伏嗅組が出てくることはあるまい」

もちろん懸念は残るものの、〝頼母子講〟はそう判断したのだ。

小泉忠介とヤクシが江戸勤番を離れ、国おもてに出仕する。

この策の利点は大きい。

国おもてでは、当然ながら薬込役の陣容はすべて城代家老の布川又右衛門に知られている。竜大夫のやりにくいところはそこにあった。薬込役といえど、すべての顔を知られている以上、隠密裏に防御網を張ることができない。

そこへ小泉忠介とヤクシが出仕すれば、江戸藩邸から来た者であって薬込役とは思われないだろう。

難点は上杉綱憲が健康も気力も回復し、ふたたび江戸が不穏となることだが、

「上屋敷で聞き込んだところによれば、それは当面ないようです」

小泉忠介は言った。しかも護るべき対象が国おもてに移動したとあっては、江戸潜みの勢力が半減しているものの、

「それが順当かも知れぬ」

一林斎は言った。

それに、

（やがて元凶の綱教公は死去する）

一林斎は確信している。埋め鍼だ。毒殺ではない。余人にはできない秘伝の技量が必要なのだ。ただ、いつ効くかが分からない。

ともかく〝やがて〟なのだ。そのとき、すべての懸念が解消する。


〝頼母子講〟を終え霧生院に戻ったのは、まだ陽の高いうちだった。行くときも協議のときも、佳奈はぽつりと源六への想いを口にしただけで、あとは寡黙だった。帰りの歩を踏みながら、またぽつりと言った。

「お江戸が静かになった分、国おもてが騒々しくなるのですね。源六の兄さんの行く先ざきで」

「あぁ。それが源六君の宿命さ」

一林斎は応えた。その宿命から佳奈を護るため、霧生院の娘として一人前の鍼師に、さらにくノ一にもなれるように育ててきたのだ。

霧生院に帰ると、

「あっ、先生とお嬢が往診からお戻りじゃ」

「これでご新造さま、身を休められる」

待合部屋から声が出た。

最後の患者が帰ると、待っていたように冴が、

「おまえさま、いかように」

「小泉さまとヤクシさんが和歌山へ」

佳奈が応え、さらに詳しく聞き、

「そう、それはようございました」

冴はホッとした表情になった。

だが、翳りが消えたわけではない。冴にすれば、自分が霧生院もろとも和歌山に戻り、一家でふたたび和歌山城下で薬種屋を開き、源六の防御はむろん、老いた父も見守りたいところだ。十八歳になり由利と瓜二つとなった佳奈を思えば、それは許されないことである。

一林斎が直接千駄ケ谷に光貞を訪ね、小泉忠介とヤクシの国おもて出仕への了解とそれへの助勢を取りつけ、実現したのは秋がすでに冬場に入った神無月《かんなづき》（十月）になってからだった。

さすがに隠居したとはいえ光貞である。国おもて出仕の者が江戸勤番に、江戸勤番の者が国おもて出仕にと、その異動は五十人ほどに及んだ。小泉とヤクシはそのなかの二人である。まったく目立たなかった。

ましてや城代家老の布川又右衛門は、その異動のなかに薬込役がまじっているなど想像すらしていない。

――この策、佳《か》なり

江戸の霧生院に、竜大夫から符号文字の文がもたらされたのは、そのあと間もなくだった。

三

裏仕事についてはできるだけ問いをひかえている留左だが、

「どうもおかしい。お嬢だけじゃねえ。静かすぎやせんかね」

と、庭の薬草畑の手入れを終え、手足を洗って縁側に腰を落ち着けたのは、冬の訪れを感じはじめた神無月《かんなづき》（十月）に入ってからだった。

霧生院が閑散としているのではない。

その逆だった。以前よりも増して患家まわりを丹念におこない、療治処に来る患者も増え、日常は日々に忙しくなっている。とくに佳奈は手裏剣や飛苦無の鍛錬はしているが、それよりも時間さえあれば漢籍に目をとおし、鍼にもどうすれば痛みを感じさせずに打てるか、柿や茄子《なす》に刺していたころの基本に戻って修練に励み、これには留左がよく実験台になった。おなじ経穴《つぼ》でも打ち方によって痛いか痛くないか、効果のほどはどうか、留左なら気安く訊ける。それに当初は、

「――うへー。あっしゃどっこも悪うなんざありやせんぜ」

などと逃げていたのがいまでは、

「――へへ。おかげで肩も足も腕も、まるで若いころに戻るようでさあ。痛《いて》！」

と、痛いときなどはがまんせずはっきりと言っている。

ならば、なにが〝静か〟なのか。

イダテンとハシリが〝上方へ引っ越した〟のは聞いているが、江戸に残っているロクジュもトビタも、患者を装って霧生院の冠木門に走り込むことがすっかりなくなったのだ。留左が火急のつなぎで赤坂に走ることもなくなった。

霧生院が紀州徳川家の極秘の役務を帯び、そこに遊び人風情の自分が関わっていることへ、秘かに充実したものを感じていた。それを〝お伊勢参り〟の留守居以来、ま

ったく感じなくなった。ほかよりは繁盛しているものの、町医者の下働きをしているのと変わりがないのだ。

「静かなことに越したことはないではないか」

「でやすがねえ」

と、一林斎に言われても、やはり物足りない。

すでに秘密を話した留左であれば、霧生院にとっては大事な人手だ。

「つまりだ」

たまたま患者が途切れ、療治部屋には冴と佳奈がいるときだった。一林斎は縁側に出て話した。

「なるほど、その護るってえお人は、いま紀州に行っていなさるんで。えっ、そんなこのまえのお伊勢参り、それのお見送りだったんですかい」

「ま、それも兼ねてだ。それ以上訊くな」

「へ、へえ。でやすが、その護るってえお人、まさかまさか紀州五十五万五千石のお殿さま！」

「そんなご太守さまなら、供揃いだけでも二千人は超して、それこそまわりは大騒ぎで行列の行く先ざきは大混乱。護るどころの騒ぎじゃありませんよう」

「そういうことです」

佳奈が鍼を砥ぎかけた手をとめて言ったのへ、冴がしめくくるようにつなぎ、フッと息をついた。なにやらまだ話したそうな風情に、一林斎には感じられた。

それを夕餉の座で一林斎は質《ただ》した。

「留がいたから遠慮したのか。しばらく紀州が話題にならなかったからなあ」

実際ここ幾月か、霧生院で和歌山が話題になることはなかった。だが、佳奈も含め三人の念頭から和歌山が離れたことは一日としてなかった。意識して、話題にしなかったのだ。

とくに冴は、

（父上を看に行きたい）

思いがある。だがそれは許されない。行くといえば、

『わたしも』

佳奈が言うのは目に見えている。

だから懸念を口にすることはできなかったのだ。

そこを一林斎は感じ取り、国おもてでの防御網が気になりながらも〝和歌山〟を口にすることがなかったのである。

だがいま、疑念を口にした留左の話がきっかけになった。

「国おもての父上、杖がなければ歩けないとは」

冴は舌頭に乗せ、〝霧生院〟である佳奈の血脈を強調するあまり、

「佳奈のお爺さまですからねえ」

つい言った。

佳奈の反応は早かった。

「わたしも心配。ねえ、父上、母上」

「ならぬ！」

思わず一林斎はつぎに出るであろう佳奈の言葉に先手を打ち、強い口調になった。

「えっ」

佳奈は怪訝な表情になった。

（まずい）

一林斎は思ったか、

「つまりだ、佐夜ノ中山のときのように、もうあれ以上ここを留守にすることはできないだろう」

「そうですよ。わたくしたちには、この療治処がありますからねえ」

落ち着いた口調をつくったのへ、冴もやわらかくつないだ。

理由にならない。

(なぜ?)

佳奈の脳裡は瞬時混乱した。

が、すぐに回転しだした。

(トトさまもカカさまも、わたしを和歌山へは……?)

思えば佐夜ノ中山のあと、伊勢街道を経て伊勢まで行けば、和歌山はすぐ先でなかったのか。それなのに……引き返した。

それだけではない。江戸府内でも、赤坂へは行かせまいとしている。

『いったい……』

佳奈は訊こうとした言葉を呑み込んだ。訊けば、なにやら恐ろしい答えが返ってきそうな恐怖にとらわれたのだ。

(いまの霧生院の日々が、音を立てて崩れそうな)

そんな恐怖だった。

そうした脳裡の展開は、ほんの瞬間的なものだった。

「あ、トトさま、カカさま。早う、味噌汁が冷めてしまいまする」

佳奈は膳に手を伸ばした。

それ以降、ふたたび〃和歌山〃も〃赤坂〃も、霧生院で深く話題になることはなかった。だが、まったくないわけではなかった。

それが霧生院の居間で深く話題になりそうになってから一月《ひとつき》ばかりを経た、霜月《しもつき》（十一月）の寒い日だった。

ロクジュが小泉忠介の文を、患者を装い霧生院に持って来た。国おもてから光貞へ宛てた大名飛脚の中に、符号文字による小泉忠介からの一通が入っていたのだ。符号文字であれば役務上のものであり、光貞は町場からロクジュを呼び、解読させるとすぐ霧生院へ届けるように命じたのだった。

療治部屋から、

「あちちち」

ロクジュの声が待合部屋にも聞こえてくる。肩に本物の灸を受けながらまた声を落とし、

「それがきょうのことでさあ。ほんの一刻（およそ二時間）ばかり前のことで」

町人言葉で言いながら文をふところから出した。

――頼方公は相変わらず奔放、町場での薬込役の防御は厳重なり。城内にては城代の側近らすべて判明。大番頭はご健勝なれば、安堵されたい

一林斎から順に冴と佳奈も目をとおした。

「ご隠居は目を細めておいでであった。あちちち」

最後の声だけが大きく、待合部屋にも聞こえた。

ロクジュは低くつけ加えた。

「ご隠居から、上杉綱憲公の病状かんばしからずと組頭に伝えておけ、と」

霧生院の居間で〝和歌山〟が話題になったのはその日のことだった。それも、

「小泉とヤクシは、ようやってくれておるようだなあ」

「父上も案じたほどではなさそうな」

といった内容で、ふとした会話から深刻な事態に至るようなことはなかった。

「源六の兄さん、まだ奔放がやまぬとは、ほんに子供のような」

と、佳奈もそれ以上に進むことはなかった。

上杉綱憲の病状についても、

「ご隠居がわざわざ知らせてくれるとは、ありがたいことだ」

「そのとおりです。きっとわたくしたちを安堵させようと思われ……」

「あっ、あの徳田の爺《じじ》さま。またお会いしとうございます」

と、この域を出るものではなかったが、佳奈が〃徳田の爺さま〃と言ったときには、一林斎も冴も内心ハッとした。

ロクジュは気を利かせたのか〃ご隠居〃と言って〃光貞公〃とは言わなかった。一林斎と冴は、ロクジュの口から〃光貞〃の名が出ないかハラハラしていたのだ。

佳奈にとって五十五万五千石の太守であった徳川光貞など遥かかなたの雲の上であり、内藤新宿の鶴屋で幾度か会い、鍼を打った老人はあくまで紀州家の血筋につらなるだけの徳田光友であり、徳田の爺さまなのだ。源六はその血脈の若さまで三万石の大名になっても、さほど雲の上の存在ではなかった。

「そうだなあ。源六君は在《おわ》さぬが、また千駄ケ谷につなぎを取って、内藤新宿の鶴屋で鍼を打って差し上げるか」

「えっ、ほんとうですか。いつ、いつです」

「近いうちに」

「きっとですよ」

と、とまっていた箸が動きはじめた。

一林斎も冴もこのとき、危機を脱した気分になったものである。

〝お伊勢参り〟に行くとき床下に埋めた脇差と印籠を掘り起こし、手入れをしてからふたたび納戸《なんど》の奥にしまい込んだのは、それから数日後のことだった。光貞公から拝領した、佳奈の血脈を示す大事な品である。油紙に包んでいても、地中では湿って錆《さび》が出たり細工が傷《いた》んだりする惧《おそ》れがある。

四

約束が実現したのは、年が明け弥生《やよい》（三月）には元禄が改元され宝永《ほうえい》元年（一七〇四）となる正月十五日の女正月の日だった。

佳奈は十九歳になった。

日の出のときから、

「ほんに、きょうは正月でございます」

と、子供のようにはしゃいでいた。

年頭は武家ではなにかと堅苦しい行事がつづく。隠居であっても五十五万五千石である。連日の行事は老いた身には苦痛であり、肩も凝る。

（佳奈に鍼を打たせたい）

光貞が思ったのは心底からの、偽りのない思いだった。

二挺の町駕籠が霧生院の冠木門を出るのを、

「へへん。女正月でやすからねえ、ゆっくり旨《うま》いもんでも喰ってきなせえ」

と、留左が見送り、その横に一林斎も立っていた。療治処は留左を下働きに一林斎が一人で看ることになる。まさしく女正月だ。

光貞も例によって着ながしの気楽ないで立ちで供の者も少なく、町駕籠で千駄ケ谷の下屋敷を出た。警戒すべき伏嗅組の目はもうない。それでも一応はトビタも行商人姿で千駄ケ谷に戻り、ロクジュと二人で道中潜みに立った。

午《ひる》すこし前だった。トビタが報告に来た。〝急患〟でうめきながら縁側に這い上がったのではなく、

「おう、トビの兄イ。また三里に灸を据えなさるかい」

と、留左に迎えられ、待合部屋でおとなしく順番を待っていたから、それだけで異状のなかったことが分かる。

実際、順番が来て療治部屋に入るのも落ち着いた所作で、

「ご隠居にもこっちからの駕籠二挺にも、怪しい目はついておりやせん」

と声を潜ませたのみで、あとは待合部屋に、

「あちちち」

と、大きく聞こえるばかりだった。

町駕籠二挺が霧生院の冠木門を入ったのは、太陽がかなり西の空にかたむき、療治部屋にも待合部屋にも患者の姿がなくなってからだった。

一林斎に言われ庭まで迎えに出た留左が、ついでといった風情で冠木門の外に首を出すと、額の長いロクジュの姿が角にちらと見えた。内藤新宿から駕籠二挺に尾いて来たのだ。

——異状なし
手で軽く合図を送ると、ロクジュの姿は角から消えた。

行きも帰りも駕籠とはずいぶん贅沢なことだが、一林斎からの女正月の贈り物であると同時に、歩いて神田橋御門から外濠《そとぼり》城内の近道をとれば、

『赤坂御門から出ましょう』

などと佳奈が言いだすのを懼《おそ》れてのことでもあった。一林斎も冴も、佳奈が口には出さないがずっと疑念を胸中に秘めていることは気づいているのだ。

実の父親である徳田光友こと光貞と一日を過ごし、佳奈はご満悦だった。

もちろん夕餉の座はその話に集中した。

「徳田の爺さま、ほんに肩が凝っておいででした」

佳奈は言う。その肩を鍼でほぐし、

「――佳奈はますます鍼がうもうなったのう」

光貞は目を細めた。

佳奈は嬉しかった。

「でも、お年のせいでしょうか。去年よりもまた老けられたような」

言ったときには、本当に心配そうな表情になった。無理もない、光貞はもう七十八歳の年行きを重ねたのだ。

「国おもての父上も、ご隠居とおなじような年勾配ゆえ」

冴がぽつりとつづけた。竜大夫のことだ。

一林斎は無言でうなずき、冴はさらに言った。

「ご隠居がおっしゃるには、上杉家の綱憲公のご病気は、本復《ほんぷく》にはほど遠く、その逆のようだとのことです」

「ほう」

一林斎はうなずきを声に出した。光貞がわざわざそれを冴に言ったというのは、上杉家の伏嗅組が当面動くことはないだろうから安堵せよとの暗示だった。

だが、それを語ったとき、光貞の表情は、

「憂《うれ》いを刷《は》いておいででした」

冴は言う。一林斎はまた無言でうなずいた。光貞の心境が分かるのだ。長女の夫の病が薬込役の安堵につながることよりも、長女と長男が結託し末弟を亡き者にしようとしている。将軍位を狙える血脈を背負っているから生じる、悲劇への憂いにほかならないのだ。

「わたしには、霧生院でよく修行を積み、精進せよとのお言葉をいただきました」

佳奈は嬉しそうに言った。

光貞が冴に暗示したように、江戸おもてでは上杉家の伏嗅組に動きは見られなかった。下駄の歯直しの茂平と平太の〝父子〟がふたたび千駄ケ谷に現われることも、平太と一緒に戸塚宿から引き返した吾市と又八が霧生院の周辺を徘徊《はいかい》することもなかった。

だが、国おもてからの符号文字には、城内の厨房で毒草を見つけヤクシが秘かに処理したと記されていたことがあった。城下での護りは竜大夫配下の薬込役が城代家老の手の者を圧倒しているが、城内での防御網も小泉忠介とヤクシが入ってからは強化され、敢えて〝元凶〟の城代家老である布川又右衛門を毒殺しようとの思いは遠のいたようだ。

(大番頭、いましばらくお待ちを。真の元凶は、まもなく逝《い》きまする)

一林斎は胸中に念じた。だが、それがいつになるか分からない。その分からないのが埋め鍼の利点でもあり難点でもある。

宝永元年も水無月《みなづき》(六月)に入ってすぐの、夏場の暑い日だった。

明かり取りの障子が開け放された療治部屋から庭に目を移した佳奈が、

「あら、ロクジュさん」

艾《もぐさ》をほぐしていた手をとめた。

単《ひとえ》を尻端折に風呂敷包みは背負っていない。いくらか息せき切っているのは、炎天下につなぎの用のためだけに千駄ケ谷から急いで来たことを示している。

「ほっ、きょうも混んでいやすねえ」

と、ロクジュは療治部屋をちょいとのぞいてから、急患を装うのではなく待合部屋に入った。そのとき一林斎と目が合ったが、すこしでも早く知らせたいといったような素振りを見せた。

待合部屋には足をくじいた町内の家具屋のあるじと、珍しくこむら返りの療治に来た岡っ引の足曳《あしび》きの藤次《とうじ》がいた。留左がいなくてよかった。留左と藤次が顔を合わせれば、遊び人と岡っ引である。かならず口喧嘩が始まる。

岡っ引がいるからロクジュは警戒し、かえって急患を装うのをやめたのか。そうでもない。ロクジュは足曳きの藤次を知らず、当然待合部屋にいるのが岡っ引だとは分からないはずだ。

「へい、ごめんなすって」

ロクジュは縁側から待合部屋に入った。

一林斎は腰痛の婆さんに鍼を打ちながら、冴は薬湯を調合しながら板戸の向こうに聞き耳を立てた。

聞こえてくる。待合部屋の常で、どこを傷めたとか具合はどうかと互いに気遣い、見知らぬ者なら住まいや仕事を訊いたり……。

「へえ。おもに古着の行商でやすが、商いがおもしろうて季節ごとの際物師もやっておりやす」

と、ロクジュも訊かれたようだ。所作も言葉遣いもまったく町場の小商人《こあきんど》で、足曳きの藤次が腕っこきの岡っ引でも、訊かなければ正体は見抜けなかっただろう。

「へぇえ、御用を預かっておいでなんですかい。だったら耳寄りな話がありやすぜ。あっしもお武家出入りの同業から聞いたばかりでやすがね」

ロクジュは言いだした。声を落としているわけでもない。逆にわざと大きな声を出している。

(儂《わし》に聞かせようとしている)

一林斎だけでなく、冴も佳奈もそれを感じた。

ロクジュは語った。

「ほれ、知っていなさろう、出羽《でわ》米沢の上杉さまよ」

「あぁ、赤穂浪士が討ち入ったとき、唯一吉良に味方するかもしれねえって噂のあった、あの上杉かい」

返したのは家具屋のあるじだった。

「そう、その上杉よ。殿さんが長の患いで、とうとうおっちんだってよ」

「うっ」

一林斎は鍼を打とうとしていた手をとめた。

綱憲《つなのり》が死去した。これで綱教《つなのり》や為姫が、上杉家の伏嗅組を動かせと頼める相手はいなくなった。源六の江戸での脅威は消えた。

なるほど、極秘などではなくやがて広まることだが、一呼吸でも早く知らせたいはずである。ロクジュは下屋敷に呼ばれて光貞から聞かされ、なにはともあれ神田須田町に走ったようだ。

「それで上杉家じゃお家騒動でも起こりそうなのかい」

「それは知らねえ。ちゃんとお世継ぎはいなさるそうな」

「なんでえ。そんなの市井《しせい》の俺たちにゃ関係ねえぜ。わざわざ噂するはどのことでもねえ。討入りはとっくに終わってんだぜ」

藤次の声だ。話題はすぐ変わったようだ。

ロクジュの番になった。

佳奈に呼ばれ、

「へへ。とまあ、そういうことでやして」

言いながら療治部屋に入ってきた。告げるべき話はもう終わっている。

「で、いつのことだ」

「けさ早くだそうで」

声を低めた。

「すでに上屋敷から国おもてへ早飛脚が発ったそうで」

「ならば儂から組屋敷につなぎを入れることもあるまい。早《はや》が着くのは四、五日後。大番頭や小泉らが安堵するようすが目に見えるようだ」

「でも、心配です」

冴が低声で言った。

まだ懸念は残っている。元凶の綱教はなお健在なのだ。

五

江戸は静かに推移している。霧生院にとって気を揉むことといえば、お犬さまが神田界隈《かいわい》で狼藉を働くことくらいだった。そのたびに一林斎は駈けつけていた。

憐み粉の存在は紀州家と上杉家だけでなく、かなりの大名家が噂を聞き極秘に調合しはじめ、さらに一林斎も神田界隈の自身番に秘かに配布し、お犬さまが魚を狙ったくらいでは住人は霧生院に走らなくなった。それでも一林斎が走るのは、病犬《やまいぬ》の危険性がないかどうか見極めるためだった。

憐み粉の自身番への配布は、北町奉行所の隠密同心の杉岡兵庫《すぎおかひょうご》と足曳きの藤次の秘かな合力によって、奉行所から目をつけられることはなかった。綱吉将軍の生類憐みの令の理不尽さに怨念を抱いているのは、庶民ばかりでなく奉行所にもいるのだ。

そうした推移のなかに一林斎は思案し、

「ロクジュとトビタも和歌山に帰し、小泉の周囲を固めさせるか」

「それはようございます。父上もきっと喜ばれます」

冴も言ったものだった。

さっそく竜大夫に符号文字で伺いを立てた。

返事はすぐにあった。

――ならぬ。組屋敷に員数はそろうておる。源六君の江戸参勤に備え、いまある隠れ家二箇所は温存すべし
佳奈も竜大夫からの返書を見た。十九歳になり、冴と同様、もう歴とした薬込役のくノ一であり、大人なのだ。

「そのとおりです。爺さまのおっしゃるとおり、源六の兄さんはまた江戸へ出て来るんじゃありませんか」

言ったのへ、一林斎と冴はホッと胸をなで下ろした。

『ならば、わたしが行きまする』

言うのを、懸念というより恐れていたのだ。

佳奈はなおも鍼と薬草学に励んだ。女《おみな》といえど、それは霧生院の跡を継ぐのにふさわしい姿だった。

佳奈は薬研《やげん》を丹念に挽きながら言ったことがある。宝永元年も冬場の霜月《しもつき》（十一月）となり、雪の激しく降る寒い日だった。本物の急患以外に待合部屋に順番を待つ者はおらず、いましがた診た胃痛の若いおかみさんが亭主に付き添われ帰ったあとだった。閉めきった療治部屋に火鉢の炭火が赤く燃えている。

薬研で挽いているのは、乾燥させた甘菜《あまな》の根茎《こんけい》だった。まだ枯草の残る早春の野原に白い可憐な花を咲かせる。根茎が甘くて食べられるため、採取する者は少なくなかった。薬草には分類されていなかったが、一林斎はそこに滋養と強壮の成分があるのを見つけていた。それを教えられた佳奈が、女正月の日に徳田光友こと光貞の老いを強く感じ、留左に手伝わせ春のうちに大量に採取し、冬に備えていたのだ。

薬研で挽いて薬湯にできる粉薬にする。すでに試作品をロクジュが千駄ケ谷の下屋敷に持って行き、

「――甘茶のように美味であり、体の調子もようなったぞよ」

との返事をもらっている。

佳奈はそれを挽く手を休めず、

「徳田の爺さまには長生きをしてもらいまする。源六の兄さんのお血筋だからというのではないのだけど、他人のような気がしないのです」

一林斎と冴はハッとして顔を見合わせ、しばし間を置いてから、

「ふむ。それはいい考えだ。甘菜の薬湯を存分に調合してさしあげろ」

一林斎が言ったのへ、

(おまえさま!)

冴は胸中に叫んでいた。


年が明け、宝永二年(一七〇五)となった。佳奈は二十歳である。

「父上、母上。あれからもう一年になりまする」

と、また女正月に佳奈は徳田光友に会いたがった。

だが、実現しなかった。徳田光友こと光貞の身体が、新春といえどまだ寒風の吹く外に出られる状態ではなかったのだ。

「ならばわたしが千駄ケ谷へ、甘菜を持ってお見舞いに」

佳奈は言ったが、光友の返事は、

――来るに及ばず

であった。仕方なく佳奈は、使番に来たロクジュに甘菜の粉薬を託《たく》した。打ち沈んだ佳奈を、一林斎と冴は憐れに思い、同時に懸念を抱いた。会いたがっているのは、光貞のほうなのだ。

下屋敷には光貞に従った老齢の家臣も腰元もいる。由利の顔を知っている。そこへ佳奈が行けば、一目見て仰天する者が幾人かいるはずだ。それは光貞が最もよく知っている。愛娘の佳奈に〝来るに及ばず〟と返事をするのは体調のせいもあろうか、

「断腸の思いでございましょうなあ」

冴は一林斎にそっと言ったものである。

一林斎はうなずいていた。それにしても待たれるのは、綱教に打った埋め鍼が心ノ臓に達する日である。

宝永二年の春を迎えるなかに、霧生院の鍼灸医と産婆の日常は推移し、季節はいつしか、

「もう雑草が生えて困りまさあ。柳原《やなぎわら》で野博打《のばくち》を打つ暇《ひま》もありゃしねえ」

と、留左が悲鳴を上げる夏に入っていた。霧生院に来ていないときは、近くの柳原土手《どて》で野博打の胴元になり、古着屋や古道具屋の素見客《ひやかし》を集めて丁半の賽子《さいころ》をころが

しているのが留左の日常なのだ。

夏の盛りの皐月（五月）のなかば、十四日の午前だった。朝から留左は霧生院の庭の草取りに入っており、療治部屋で佳奈がつぎの患者を呼ぼうとしたときだった。

「おっ」

留左は手をとめ、

「どうしたっ。トビの兄イ！」

トビタだ。冠木門から飛び込んでくるなり、

「痛ててて。死ぬう、死ぬうっ」

うめきながら庭に崩れ込んだのだ。

留左は薬草畑から飛び出て、

「兄イ、どこが痛む!?」

小柄なトビタの身を抱え起こした。

佳奈も驚き、

「トビタさん！」

縁側から跳び下りるなり庭下駄をつっかけて駈け寄り、

「留さん、その手、足も」

「あっ。すまねえ、兄イ」

手を離した。手も足も泥だらけだった。急いで水桶で洗った。

佳奈が代わってトビタの身を支えたが、すぐに分かった。騒いでいる割には血色はよく、行商の風呂敷包みを背負っていない。いわゆる〝急患〟である。

「父上！　母上！」

「分かっておる。早うここへっ」

「はいっ」

佳奈はトビタを療治部屋へいざない、

「すみません。急患なもので」

冴が待合部屋に声を入れ、手足を洗った留左を縁側から呼び低声で言った。

「待合部屋でこちらの声が聞こえぬよう、うまく騒いで」

「へいっ」

留左も察したか返事をするなり、

「へへへ」

待合部屋に上がり込んだ。

療治部屋では一林斎がトビタを座らせ、肩に手をあてて顔を近づけ、

「さあ、つなぎはどこからか、内容は」

「光貞公からです」

「なに!?」

押し殺した声を交わしはじめた。板戸一枚向こうの待合部屋からは、

「あの兄イはよ、際物の行商人でよう。よく胃ノ腑を痛めやがんのよ。それにしても
きょうは尋常じゃねえ。どうなってんのかなあ」

などと大きな声で話している。

一瞬、一林斎も冴も佳奈も、徳田光友こと光貞の身に不例があったかと緊張した。

だが違っていた。

低声でトビタは言った。

「きょう未明、綱教公がご逝去《せいきょ》。駈けつけた侍医によれば、急な心臓発作とか」

効いた。埋め鍼だ。打ってから六年目になる。享年四十だ。

上屋敷からすでに国おもてへ早飛脚が発ち、ロクジュは光貞からの新たなつなぎを
待つべく、千駄ケ谷の棲家に待機しているという。

「ふーっ」

一林斎は大きく息を継ぎ、目を閉じた。沈思するような一林斎に遠慮したか、冴も

佳奈もただ見つめるだけで、声をかけるのをためらった。

一林斎の胸中には、達成感よりも光貞に対し、

(申しわけございませぬ)

詫びる気持ちが込み上げてきた。光貞は、一林斎が綱教に埋め鍼を打ったことを知らない。光貞にとって綱教は、源六を亡き者にしようとしていた不祥の息子ではあるが、壮健であった長男の急逝《きゅうせい》にほかならないのだ。

「われら、いかにいたしましょうや」

武士言葉で、トビタはそっと伺いを立てた。

「静観するのみ。早飛脚が発ったなら、われらから組屋敷につなぐ必要もあるまい。トビタ、帰っていいぞ。ロクジュにも伝えよ。ただ日常のごとくあれ、と」

「承知」

低く返すと、不意に大きな声で、

「あぁあ、鍼はよう効きまする。痛みがすっかりとれやした」

待合部屋にも聞こえるように言い、佳奈に見送られるように縁側から庭に下りた。

「おう、兄イ。もう治ったかい」

「あぁ、おかげでなあ」

留左が声をかけたのへトビタは返し、待合部屋には安堵の空気がながれた。

つぎの患者が療治部屋に入り、霧生院はいつもの日常に戻った。

国おもてでも早飛脚が着けば、一林斎からのつなぎがなくても児島竜大夫は〝ただ静観〟と、小泉忠介をはじめ配下の薬込役たちに下知することだろう。竜大夫は、一林斎が綱教に埋め鍼を打ったことを知っているのだ。

六

静観……すなわち闘争のない日々を、霧生院も国おもての組屋敷も送っている。

紀州徳川家では藩主の急逝に慌てたが、すぐさま源六の次兄の頼職《よりもと》を第四代藩主に据え、お家存続に問題は生じなかった。二十六歳の若い藩主の誕生である。

だが肥満気味で、それも精神的にも虚弱ゆえの無駄な肉付きであり、

（あのお方は長くない）

一林斎は診立て、埋め鍼は打たなかった。

そのような藩主なら御三家であっても将軍位など望むべくもなく、当人にその気力もなかった。つまり綱教のように、源六を排除しようとする理由は存在しないのであ

る。元凶はここに消滅した。

江戸藩邸で矢島鉄太郎はいち早く頼職の腰物奉行となったが、ただそれだけのことだった。それが霧生院に町医者としての日々をもたらし、そこに佳奈は、

「町の人々に頼られ、できる限り応えようと自分を練磨する。こんな素晴らしい日々はありませぬ」

と、充実感を覚えていた。

国おもてでは城代家老の布川又右衛門がうしろ盾を喪《うしな》い、江戸の矢島鉄太郎と連絡は取り合っているが、新藩主の頼職から新たな下知はなにもない。薬込役の役務も憐み粉の調合と、藩士や藩御用達商人に不正や不始末がないかを監視する、本来のものへと戻った。

「どうせならこの役務、江戸でやりたいものだ」

「そう。江戸のほうが探索すべきものは多いでしょうに」

などと、小泉忠介とヤクシは語り合っていた。

だが一林斎と冴にとっては、平穏はおもてのみで内心は日々が針の莚《むしろ》だった。

元凶の消滅……同時にそれは、佳奈の出生を秘密にする理由もまた消滅したことになるのだ。

「おまえさま」

「うむ」

一林斎はうなずいた。

決断しなければならない。

だが、できない。

ときおり秋風を感じる文月《ふづき》（七月）になってすぐのことだった。

「心配です。徳田の爺さまの具合を問い合わせてくださいな。わたし、見舞いに行きたい」

佳奈が言いはじめた。

来るに及ばず……かつて徳田光友こと光貞がロクジュに返書を持たせたとき、綱教は生きていた。それが消えた。佳奈が甘菜の薬湯を持って行きたがっていると知らせたなら、光貞は喜ぶだろう。そして、しずしずと下屋敷に来た佳奈を見て、

『由利さま!?』

仰天する老臣や腰元はいる。

「そのときが……機会かも知れぬなあ」

「は……はい」

一林斎がぽつりと言ったのへ、冴はいくらか間を置いて応えた。

決断したのだ。

それでも一日延ばしにし、文月も下旬になってからだった。留左を遣いにやってロクジュにつなぎをとり、そのロクジュが返書を持って来たのは、あしたには月が葉月（八月）に変わるという日だった。

ロクジュのいる前で開いた。

「見せて、見せて」

佳奈が童心に戻ったようにのぞき込んだ。

直筆ではなく、祐筆《ゆうひつ》の手になるものだった。

――暫時《ざんじ》、待て
であった。

「ずっと床に伏せっておいでのようで、もうすぐ起きられるようになるから、と」

下屋敷の遣いの者から聞いたのだろう、ロクジュはつけ加えた。

その翌々日だった。葉月の二日である。夕刻近く、曇り空で普段よりも早く黄昏《たそがれ》を迎えたような日だった。

ふたたびロクジュが霧生院の冠木門に駈け込んだ。息せき切っている。急患など扮《こしら》えていない。まだ患者がいるにもかかわらず、縁側に跳び上がり療治部屋にひざまずくなり、

「ご、ご、ご隠居が、お隠れにーっ」

「なにぃ」

「えっ」

「ご、ご隠居!? 徳田の爺さま!」

療治部屋は凍てついた。

ロクジュの知らせ方は褒められないが、光貞の名は出さず〝ご隠居〟とのみ言ったのはさすが薬込役である。療治部屋で灸を据えていた腰痛の婆さんは、霧生院の大事な患者が亡くなったと思ったか、

「先生、手遅れでも駈けつけなさるか」

と、待合部屋に待っていた者にも声をかけ、早々に退散した。

「まことじゃなあっ」

一林斎は庭へ跳び降り、駈け出そうとした。動顚している。

「お前さま! わたくしたちは!」

「うっ」

冴が叫び、一林斎は足をとめた。薬込役はあくまで影であり、いかなるときも公《おおやけ》の場に出てはならない。存在しないのが、鉄則なのだ。

その夜佳奈は、

「なぜ、なぜもっと早く！」

一林斎と冴を詰《なじ》った。だが、霧生院のありようは解した。

佳奈が座をはずしたとき、冴が忍ぶように言った。

「これで、その時が延びたといえば、仏罰が当たりましょうか」

「さような仏罰なら、当たってもよいぞ」

一林斎は返した。

一悶着あった。葬儀である。矢島鉄太郎の最後の嫌がらせだったのかもしれない。

城代家老の布川又右衛門も源六にそれを勧めた。

――松平頼方どのが和歌山に在《おわ》すは重 畳《ちようじよう》。紀州家親族総代となられ、国おもてでの葬儀を仕切られよ

矢島に焚《た》きつけられたか、頼職は松平頼方こと源六に要請したのだ。

和歌山城に居候を決め込んでいる源六に、断る理由はなかった。それどころか源六がおりよく和歌山にいて、紀州徳川家の血脈を代表するというのは理に適《かな》っていた。源六が受けるよりも早く、このことは江戸藩邸から幕府にも報告され、布川又右衛門は藩内に告知した。

「江戸でなにやら企《たくら》まれるより、こちらで心静かに光貞公の死を悼《いた》まれるほうが供養になりましょうぞ」

「そうかも知れぬなあ」

いつものお忍び姿で城下を散策しながら竜大夫が言ったのへ、源六は応じた。つまるところ、安宮照子や綱教のにおいが残る上屋敷奥御殿の面々は、将軍家をはじめ諸侯の参列する江戸での葬儀から、源六を遠ざけたのだった。

七

一連の葬儀が終わってからすぐだった。源六がみずから、

「わしは江戸へ出るぞ」

と、越前丹生《にう》郡葛野で藩政を仕切っている加納久通に、急遽参勤交代の準備を下知

する事態が発生した。実務的で規模も最小限であれば、急な行列も可能である。

第四代藩主となった頼職が、就任してより初のお国入りをするというのである。それも四十九日の法要を国おもてでできるようにと、行列は長月《ながつき》（九月）に入るとすぐ出立するらしい。

もちろん紀州徳川家の行列ともなれば数箇月もまえからの準備が必要だが、どうやら矢島鉄太郎と布川又右衛門らが画策し、四十九日の法要に合わせて時期をいくらか早めたようだ。

そうなれば、源六の仕切った葬儀はなんだったのか。七七日《なななのか》の大練忌《だいれんき》を藩主みずからが国おもてに乗り込み挙行したなら、源六の仕切った葬儀はほんの露払いに過ぎなかったことになる。

「悔しゅうございますなあ」

「なあに、いいではないか、誰が仕切ろうと」

城内で小泉忠介が言ったのへ、源六は軽く返していた。それが本心である。

だから頼職の大行列が東海道を経ると聞いても、ならばわしは中山道になどと子供じみたことを言ったりしない。

「どのあたりですれ違うかのう。道を譲ってご機嫌伺いの一つもせねばなるまい」

源六は言っていた。

さらに行列の準備に慌ただしい上屋敷で、矢島鉄太郎は頼職に言った。というよりも、焚きつけていた。

「わが藩には戦国よりつづく薬込役という隠密組がありまする。代々これは当代さまが掌握なさるところ、先々代の光貞公がご逝去あそばされるまで握っておいでございました。それゆえに先代の綱教公は藩政にもなにかと不便をお感じになっておいででした。殿におかれましては、国おもてに帰られたなら、この薬込役を慥《しか》とご掌握されんことを願わしゅう存じまする」

「さようなものがあるとは聞いておったが、よしなに計らえ」

「はっ。国おもての布川さまもさようにお考えになられ、殿の下知がありしだい、薬込役改変に着手するとおっしゃっておいでございます。これ偏《ひとえ》に、殿への忠義のためでございます」

「ふむ」

頼職はうなずいていた。

布川又右衛門や矢島鉄太郎にとっては、もう頼方こと源六に手を出す理由はなくなったものの、これまでさんざん煮え湯を飲まされてきた薬込役に、一矢なりとも報いたいのであろう。

長月に入ってすぐだった。和歌山と葛野から行列というより日傭取《ひようとり》の人足を随えた武士団の一行が発ち、三日ほど遅れ江戸からは大行列が出立した。

江戸潜みでは、源六の一行と加納久通の差配する一行が合流する東海道の四日市に向け、

「イダテンとハシリがいてくれたら、わしらがこんなに東海道を行ったり来たりすることもないのだが」

と、ロクジュとトビタが頼職の大行列より一日早く江戸を出立していた。四日市でくるりと向きを変え、道中潜みとなって来た道を返すことになる。

第四代藩主の頼職は、最初が肝心とばかりにその行列は光貞のときとおなじように大規模で、かつ華美を尽くしたものとなった。

供揃えは総数二千人を超え、中間の担ぐ挟箱は黒漆に金粉で葵のご紋章が描かれ、傘《かさ》を袋に入れた立傘《たてがさ》の紐にも高価な伊達緒《だておお》が使われ、槍勢の鞘《さや》も羅紗《らしゃ》で包み、羽毛で飾ったものまである。

城下の町々や村々を駈けめぐり、領民の窮状を知っている源六が見れば、それこそ

吐き気をもよおすだろう。先頭では供先《ともさき》の武士数人が〝寄れーっ、寄れーっ〟と往来人を追い散らし、先払いの足軽が十人ほど水桶で水を撒きながら進み、そのあとに二千人を超える列が延々とつづく。横切ることも追い越すこともできず、沿道の住人や往来人にとってこれほど迷惑な存在はない。

四日市で加納久通の一行と合流した源六たちは、来たときとおなじ白人足らずの行列である。街道では大名行列と気づかず、速足で追い越して行く旅人もいる。そのなかに源六は、相変わらず着ながしの徒歩だ。それが紀州徳川家につながる三万石の大名などとは、誰も想像もしないだろう。

一行は遠江《とおとうみ》の掛川を抜け日坂《にっさか》の宿《しゅく》で日暮れを迎え、本陣に入った。

源六は夜、加納久通と小泉忠介を部屋に呼び、低声で言った。

「あしたは佐夜ノ中山だ。夜啼石があったのう」

「いまもあります。あそこに、ずっと」

加納も小泉も神妙な表情になった。それ以上に源六の顔には、行灯の淡い灯りながら、悲痛な思いが刷かれているのを二人は感じ取った。源六は言った。

「三人であったのう。向こうは七人か、死者は。いまとなっては敵も味方もない。線香を用意しておけ」

翌日、源六は山中の道にしばし歩をとめ、まるで墓石に向かうがごとく手を合わせ、線香を手向けた。源六の着ながしと徒歩には慣れている供の者たちは、一様に不思議がった。夜啼石の謂《いわ》れを知り、それへの供養かと思った者もいる。

だが、源六の表情はそのようなものではない。一行で理由を知るのは加納と小泉、ヤクシのみで、樹間ではロクジュとトビタが凝っと瞑目し、手を合わせていた。

源六にすれば、自分の存在が原因で、これまで数多くの戦いが展開され、そこに命を落とした者も少なくないのだ。

八

駿河《するが》に入ると小泉忠介はヤクシを源六のそばに残し、中間二人をともない一行から離れて先を急いだ。江戸を出た頼職の大行列とどこで出会い、挨拶するかを打ち合わせるためである。

三島で箱根山を越えてきた行列を迎え、すぐに引き返して加納久通と段取りをつければ、双方の出会うのは沼津になろうかと一応の算段を立てている。変更があった場合、急ぎのつなぎが必要となるため、町人の旅姿を扮《こしら》えたロクジュとトドタが小泉一行と旅は道連れのかたちをつくった。

五人が三島宿に入ったのは、長月（九月）八日の午前《ひるまえ》だった。

本陣に向かった。行列はまだでも、先触れが入って着到時刻などを伝えているはずだ。入っていた。小泉が本陣の番頭に身分を明かして用向きを伝えると、きょう夕刻に二千人の行列が三島に入る予定だったのが延期になり、

「それがいま小田原で、三島にはいつご着到あそばされるか分からないとのことでして、はい。先触れの方は理由も告げず、出立が決まればまた来るからと引き返されたのでございます」

と、困惑しきった表情で言うではないか。

二千人の予定変更など、受け入れる側は大わらわになる。それが変更され、向後の予定も分からないというのでは、本陣ばかりか宿場全体が大混乱する。どう考えても尋常とは思えない。

まだ午前《ひるまえ》だ。いまなら明るいうちに箱根を越え、夕刻には小田原へ入れる。

「よし、行ってみよう」

小泉はこの旨を源六一行に伝えるため中間一人を引き返させ、もう一人を連れて山

中に入り、異状があれば事前に察知すべくロクジュとトビタが先行した。二人にとって箱根は難所ではない。登りの途中に行列と出会うことはなく、関所にも二千人の通過を迎えるようすはなく、下山しても街道筋に大名行列のようすはなかった。

「おかしいぞ。日数からいえば、行列は小田原に丸一日とどまっていることになる。あり得ないことだ」

ロクジュは首をかしげた。大名行列で一日予定が狂えば莫大な費消をともなう。紀州家のような大所帯ならなおさらだ。それをするとは、相応の理由があるはずだ。

「ともかく小田原まで行ってみよう」

「おう」

二人はうなずきを交わし、急ぎ足になった。ロクジュとトビタの二人を追い越すのは、走っている飛脚か早馬くらいだ。

小田原宿に入ったのは西の空に陽がまだある時分だった。そろそろ出女が往還に出る時分だが、その数が少ない。そのわりには町全体がごった返している。紀州徳川家の家臣団や中間、人足たちだ。本陣や脇本陣に泊まれる人数は限られている。多くは町場の旅籠に入ることになる。

この時分、江戸方面に向かう者なら小田原を素通りし、急げば陽が落ちてからでもなんとか大磯宿《おおいそしゅく》に入ることができる。難儀は西へ向かう旅人だ。これから箱根に入ればすぐ夜となる。野宿か山賊か、いずれの旅籠にも紀州藩士が入っている。なんとか頼み込み、男も女もかなり窮屈な相部屋に押し込められることになろう。

ロクジュとトビタは、町の見物をしている中間の群れに話しかけ、事情を聞いた。

「ほう、そうかい。俺たちのせいで旅籠をどこも断られた？　そいつはすまねえ。俺たちだってわけが分からねえのよ」

「けさ出立の用意にかかると、急にとりやめになってよ。一日することもなく退屈でいけねえよ」

と、ほかの群れに訊いてもおなじ答えが返ってきた。

本陣の近くまで行った。近寄れなかった。装束を変え忍び込んでも、人数が多すぎればかえって原因を突きとめるのは難しい。

「よし」

二人はまたうなずき合い、宿場の入り口付近に引き返した。おっつけ小泉忠介が到着するはずだ。

ちょうど陽の沈みかけたときだった。急ぎ足になっている。

「小泉さん」

声をかけると、

「おう、ここにいたか。で、どうだった。尋常ではないようだが」

と、小泉も異状を感じていた。

ロクジュとトビタは宿場のようすを話し、

「ここは一つ、小泉どのが正攻法でいくしかありますまい」

「よし、分かった。ここで待っていてくれ。行くぞ」

小泉は応じ、中間をうながした。武士の旅姿だから、中間を連れておれば微禄でない証《あかし》となる。小泉は江戸藩邸でも上席に属する藩士である。本陣に草鞋を脱いでいる武士団の多くとも親しい。加えて松平頼方こと源六と頼職公との時間の調整という公務もある。

本陣の正面玄関に入った。陽が落ちたというのに、さきほどロクジュとトビタが近寄ったときよりも慌ただしくなっていた。


待った。

あたりはすっかり暗くなり、もう宿場に入る者も出る者もいない。ときおり通るのは土地の者だろう。

「おぉう。ま、待たせた」

小泉が中間をともなわい急ぎ足で戻って来た。慌てている。声も上ずっている。昼間なら、その顔が蒼ざめているのも分かるだろう。

「なにか、重大な？」

「重大だ。ともかくそこへ」

すでに暗く人通りもないというのに、小泉はロクジュとトビタを押し込むように近くの路地に入り、声を低めた。通りからの入り口を見張るように中間がふさいだ。

小泉は大きく息を吸い、

「頼職公、ご逝去」

「な、なんと!!」

ロクジュとトビタが驚愕《きょうがく》するなかに、小泉はつづけた。

「昨夜から体調を崩され、朝になっても回復せず、箱根越えは無理ときょう一日とどまったものの、半刻（およそ一時間）ほど前のことらしい。息を引き取った」

「うーむむっ」

ことの重大さにロクジュもトビタもうめき、一林斎の診立てが当たったのを感じていた。小泉もおなじだった。言葉をつづけた。

「本陣からは、まだ急使が江戸にも和歌山にも発っていない。発つのはあす未明だろう。そなたらはいますぐ発て。ロクジュは江戸の霧生院へ、トビタはすまぬがまた箱根を越えて加納どのへ。そのまま和歌山まで走って大番頭にも」

「承知」

二人は足を動かしはじめた。

小泉の言葉はつづいた。

「わしは今宵の宿を脇本陣に確保した。ここにとどまって頼方公のご着到お迎えの準備をする。さあ」

「おう」

ロクジュとトビタは路地を飛び出した。

源六の一行は今宵、沼津の城下に入っていよう。トビタは深夜に箱根越えをし、あしたの朝には沼津に着くだろう。

ロクジュが江戸に入るのは、二日後の朝になろうか。

小泉忠介はさきほど〝頼方公ご着到お迎えの準備〟と言った。その意味が、ロクジュとトビタにも奔《はし》る一歩一歩に、足元から鮮明に込み上げてくるのを抑《おさ》えられなかった。

　三代藩主の綱教公に子はなかった。だから弟の頼職公が四代藩主に就いた。その頼職公にも子どころか正室も側室もまだいない。紀州徳川家に残るお血筋といえば、松平頼方こと源六のみである。

　小田原に頼方公ご着到……この瞬間に、二千人を超える大名行列の主《ぬし》は、頼方こと源六となるのだ。

　行列は向きを変え、江戸へ戻るだろう。紀州徳川家五十五万五千石を継ぐべき若さまの江戸入府である。徒歩はもう許されない。

　いまとなっては、源六が国おもてで喪主となって光貞公の葬儀を仕切ったのはさいわいだった。さらに、将軍家も列席するであろう江戸での七七日の大練忌を仕切るのも、松平頼方こと源六となるのだ。

（この知らせ、一呼吸でも早く組頭へ！）

　ロクジュが夜の街道に歩を速めれば、

（殿、殿は五十五万五千石の太守さまであらせられますぞうっ）

　トビタは叫びたい衝動に駆られながら、箱根の山中にゴロタ石をつぎつぎと踏んで行った。

四　霧生院《きりゅういん》異変

一

小田原から三島まで八里（およそ三十二粁《キロ》）、深夜に関所抜けと箱根越えをし、ふもとに下りたころには東の空が明けはじめていた。

トビタの足は幾度ももつれそうになったが、夜明け前の街道では駕籠を拾うこともできない。

三島の町並みに入ったのはちょうど日の出のころで、これから箱根越えをしようと旅籠をあとにした旅人たちとすれ違った。息もたえだえの小柄な男を、

（山賊にでも襲われたのか）

と、心配そうなまなざしでふり返る。

本陣では、源六の一行は出立の準備をしていたが、小泉忠介のつなぎを待つため、まだ発っていなかった。

そこへトビタは飛び込んだ。

さっそく奥に通され、

「若！　加納さまっ、お人払いをっ」

部屋に入り言うなり倒れ込んだ。

「どうした！　トビタッ」

異状を感じた源六は人払いをし、加納久通《ひさみち》が桶ごと水を部屋に運び、トビタは柄《ひ》杓《しゃく》のまま顔へぶっかけるように飲み、水しぶきが音を立てて畳に落ちるなか、

「昨夕、小田原にて、頼職《よりもと》さまご逝去っ」

「なんと！」

絞り出した声に加納は驚愕し、

「ううっ」

源六はうめき声を上げ、部屋にしばし緊張の時がながれた。

百人足らずの行列が三島宿の本陣を急ぎ出立したのは、陽がすっかり昇ってからだった。

小休止のあと、なおも西に向かって走ろうとするトビタに、加納は屈強な足軽を二人つけた。その到着が国おもての和歌山では第一報となるだろう。

さらに足達者の家臣が二人、

――本日夕刻、松平頼方公ご着到の予定

加納久通直筆の書状を持って行列に先行した。小田原では小泉忠介が矢島鉄太郎らを抑え、源六受け入れの用意を着々と進めている。

二日後、長月《ながつき》（九月）十日の朝だった。

陽が昇ったばかりの時刻、冴と佳奈が台所に入り、一林斎が庭に出て朝日を受けながら冠木門の閂《かんぬき》をはずし、門扉《もんぴ》に音を立てたところだ。

「ん？」

首をかしげた。外の往還に急ぐような人の気配は、納豆屋やしじみ売りなど物売りのものではない。

首を伸ばそうとしたところへ走り込んできたのは、

「ロクジュ、なにごと！」

「一大事ぃっ」

庭に倒れ込もうとするロクジュを一林斎は抱きかかえた。

その騒ぎに冴と佳奈も走り出てきた。

疲れ切ったロクジュのようすに朝餉の用意どころではない。

「こっち、こっち」

佳奈はロクジュを抱きかかえる一林斎の袖を玄関のほうへ引き、すぐさま気付けの薬湯にもなる枇杷《びわ》葉湯《ようとう》を用意した。

居間でロクジュは一気にそれを飲み干し、

「ふーっ」

「して、いかなることぞ」

一息ついたロクジュに一林斎は急かした。冴も佳奈も、なにが語られるのか固唾《かたず》を呑んでロクジュを見つめている。

「本月八日夕刻、小田原にて……」

ロクジュの口が動いた。頼職《よりもと》の死である。

刹那《せつな》、

「おまえさま！」

「違う。違うぞっ」

思わず冴に顔を見つめられ、一林斎は返した。一瞬冴は、一林斎が頼職に埋め鍼を打ったと思ったのだ。だが、すぐ得心した。日ごろの不摂生からだ。

あまりの重大事に、一林斎と冴のこの瞬時のやり取りに、佳奈もロクジュも気がつくことはなかった。

「それなら、源六君は……」

言ったのは冴だった。

「小田原で小泉どのは、すでに受け入れの下工作を……」

「うーむ」

ロクジュが応えたのへ一林斎はうなり、ここでも三島宿の本陣のように、しばしの沈黙がながれた。

佳奈がぽつりと言った。

「源六の兄《あに》さんが、紀州の殿さま？　血筋って、なんて人騒がせな」

「…………」

一林斎と冴は無言だった。返す言葉が浮かばなかったのだ。あの源六が、五十五万五千石の大大名に……。

「ともかくだ、儂《わし》らは市井《しせい》にある薬込役だ。さらに霧生院は、町になくてはならぬ療治処に産婆じゃ。分かるか。肝要なのは、何事においても日常あるがごとしに暮らすこと……それに尽きようぞ」

「そう、そうですよ、父上。母上も、そう思われましょう」

一林斎の言ったのへ佳奈は相槌を打ち、冴に視線を向けた。

「そ、そうですね」

冴は戸惑いを懸命に抑え、ひとこと応えるのがやっとだった。

そのような冴に一林斎はすぐさまつないだ。

「さあ、すっかり時間を取ってしもうた。朝餉だ、朝餉。冴、佳奈、早う準備をせんか。町の患者がもうすぐ来るぞ、腰痛の婆さんに骨折の棟梁、大勢だ」

「そう、そうでした。小柳町《こやなぎちょう》の古着屋のおしいのさん、もう産み月なんでしょう。備えなきゃあ。しばらく外出はだめですよ」

「えっ」

佳奈は一林斎と冴のようすが、いつもと異なることに気づいた。だが、

(源六の兄さんのせいだ。まったく人騒がせな)

悠然とした思いでそう解釈した。

「ロクジュ、疲れておろう。ここで一緒に朝めしをすませ、しばらく休んでいけ」

「い、いえ。あっしはこれで。つなぎは終わりやしたので」

ロクジュは町人言葉で返し、逃げるように霧生院を退散した。佳奈が〝血筋って〟と言った瞬間に、このあと霧生院でなにが話し合われるか解したのだ。

腰痛の婆さんが嫁につき添われて来たのは、そのあとすぐだった。灸を据えているうちに、待合部屋には骨折の棟梁をはじめ、五人もの患者が来て順番を待った。さらに人数は増えそうだ。

夕刻近く、佳奈が小柳町へ産み月のおしののようすを診に行き、一林斎と冴はようやく朝の話のつづきができた。小柳町は霧生院の須田町とは、神田の大通りをはさんだ向かい側ですぐ近くだ。

「おまえさま」

「うむ」

冴が、使用した鍼の熱湯消毒をしながら言ったのへ、一林斎はうなずきを返し、

「三万石のときに言っておくべきだったかも知れぬ。五十五万五千石ともなれば、その時の佳奈の衝撃を思えば」

「ですから、おまえさま。いっそうその時が来なければ」

「それはできぬぞ。手証の脇差も印籠もあるのだ」

「ならば、いつ、どのように」

「それよ。なりゆきに任せるしかあるまい。その日をさぐりながらのう」

「小柳町のおしのさん、順調のようです。あと十日ほどでしょう」

玄関から佳奈のはずんだ声が聞こえた。

二

準備に時間がかかったか、供揃《ともぞろ》えが二千人を超す松平頼方こと源六を主《あるじ》とする行列が赤坂御門前の紀州徳川家上屋敷に着到したのは、ロクジュが霧生院に駆け込んだ四日後だった。

「えっ、紀州さまのお行列が戻って来なさった？」

「数日前の行列と、ようすが違うぞ」

沿道の住人たちは目を白黒させた。お国帰りで通過した行列が数日で戻って来たこともさりながら、沿道の住人が驚いたのは槍の鞘を飾った羽毛はむろん、挟箱の高価な伊達緒や立傘のきらびやかな袋がけなど、華美なものは一切消えてなくなり、実務本位の行列に変貌していたことである。

そればかりではない。市井を知る源六は、大名行列の通過したときの住人や往来人の迷惑も知っている。二千人を超える供揃えを二百人から三百人の隊に分け、各隊にかなりの間隔を開けたのだ。沿道でそれらを別々の行列と思った者も少なくない。土地の者や往来人は、それらのあいだを自儘《じまま》に横切ることができた。庶民の日常の営みへの迷惑を最小限に抑えたのだ。

江戸市中でふたたび道中潜みに就いたロクジュが、それを霧生院で語ったとき、

「早くも源六君は、五十五万五千石を率いる片鱗を見せたか」

一林斎は目を細めたものである。

源六の紀州家上屋敷への着到より数日後、柳営で綱吉将軍は側用人の柳沢吉保《やなぎさわよしやす》から報告を受けると即座に命じた。

「ほう、紀州の血筋はあやつのみとなったか、おもしろい。松平頼方を紀州に戻し、徳川頼方とせよ」

庶民から犬公方などと揶揄《やゆ》されている綱吉ではあるが、こと源六に関しては見る目があったようだ。かつて十四歳の源六を接見し、その利発さを見抜いて越前丹生《にう》郡の天領を割いて葛野藩を立てさせたのは綱吉だったのだ。

綱吉は柳沢に下知したあと、

「ほう、ほうほう」

と、自分で得心するようにうなずいていた。ここに源六は紀州徳川家第五代藩主となり、従三位左近衛権中将《さこんえのごんのちゅうじょう》に叙せられた。二十二歳である。

「ご多忙を極めておいでで、われら薬込役江戸潜みへの下知はまだありませぬ」

藩邸内の小泉忠介からつなぎがあった。源六が忙しさのなかに薬込役の存在を失念しているのではない。国おもての竜大夫には下知していた。藩御用達の商人や勘定方に、不正や不都合はないか徹底して探索するよう命じていたのだ。

トビタが和歌山から戻ってきた。

「大番頭《おおばんがしら》が驚愕とともにホッとなされたのは束の間でございました。江戸おもてから矢継ぎ早に組屋敷へ直截《ちょくせつ》に下知があり、城下はむろん摂津《せっつ》や京、播州《ばんしゅう》の室津《むろつ》、尾州《びしゅう》の宮《みや》（熱田）などの遠国《おんごく》潜みにつなぎを取っておいでです」

薬込役は藩主直属であり、江戸潜みを通さず直接竜大夫に下知が飛ぶのは、むしろ自然である。

摂津はむろん室津にも宮にも紀州の廻船問屋が暖簾を出しており、地元商人との関わりも強く、そこに担当の藩士が癒着《ゆちゃく》し、藩財政に損害を与えている場合も少なくない。それへの探索が、本来の薬込役の役務なのだ。

「ほう、さすがは源六君だ。さっそく、やる気を見せておいでじゃ」

一林斎は目を細めた。

患者のいなくなった療治部屋で、冴に佳奈も交えて話している。

「じゃが、おかしいぞ。大番頭からわれら江戸潜みにはなんの沙汰もないが」

一林斎の言ったのへ、冴も佳奈もうなずきを入れた。実際に竜大夫からなんの下知もないのだ。

「それにつきましては」

トビタは形《なり》は町人でも武士言葉で話しはじめた。

「探索すべき遠国は頼方公みずからご指定なされ、そこに江戸おもては入っておりませなんだ。大番頭さまは、江戸はお膝元ゆえ、直截に下知を受けておるのじゃろ、と。で、いかなる下知がありましたろうか。大番頭はそれがしにも、ロクジュとともに励め、と。それに、手が足りずば新たな人数を差し遣《つか》わそう、とも」

「えっ」

と、これには一林斎は首をかしげ、

「なにもないが」

返した。いま江戸潜みで一林斎の配下は、小泉忠介と行列に随行したヤクシとロクジュ、それにいまここに来ているトビタの四人だけだ。竜大夫が新たな人員をというのも無理はない。

ところが、源六からなんの音沙汰もない。まったくの町医者としての日々を送っているのだ。

「いまは多忙ゆえ、そのうちあろう。そのときはしっかり頼むぞ」

「へえ」

最後にトビタは町人言葉になり、霧生院を辞した。

もちろん、帰りぎわに冴は竜大夫のようすを質《ただ》した。

「――これで余生をのんびり送れると思うたに」

と、竜大夫は愚痴を言いながらも、

「みずから出張《でば》られることはありませぬが、組屋敷にあって各地の潜みより届いた書状を、熱心に精査しておいでございます」

トビタは応えた。

みずから老骨に鞭《むち》を打っているのではないか。そのような父・竜大夫の身を冴は案じた。佳奈も、

「まったく源六の兄さん、お血筋だからといって五十五万五千石のお大名などに。ほ

んとう人騒がせな」

なかばなじるような、反面、気の毒がるような口調で言ったものだった。

その源六から霧生院につなぎがあった。月がすでに冬場といえる神無月《かんなづき》（十月）に入っていた。小泉忠介を経て中間姿のヤクシが使番として来た。もちろん徳川頼方となった源六は、小泉忠介とヤクシや千駄ケ谷と赤坂の町場に棲家を持つロクジュとトビタが、江戸潜みであることを承知している。

つなぎは口頭だった。

――明後日午前、下屋敷にて、一人で来よ

「はて？」

一林斎は首をかしげた。上屋敷に住まいする藩主が、下屋敷に出向いて御典医ではない町医者と会う。別段不思議なことはない。しかし光貞ならともかく、源六は佳奈が下屋敷に来てはならない理由など知らないはずである。それをわざわざ一林斎〝一人で〟と言ってきたのはみょうだ。

「大事な役務上の下知かも知れませぬ。ロクジュにも知らせておきましょう」

トビタは期待するように言った。

三

その日、そろそろ朝の患者が冠木門をくぐる時分、

「源六君もほんにご成長あそばされ、いよいよわたしたちにも本来の役務が来るのでしょうか」

冴が庭まで出て見送った。佳奈も横に出てきて、

「本来の役務？　まさか新たな夜啼石などでは」

身をぶるると震わせた。あのときはまさしく源六のため命のやりとりだった。手裏剣を打ち込む間合いを一度も得られなかったのをそのときは残念がったが、

「――よかったぁ、わたし、一人の血も流さずに」

人を救うための薬研を挽きながら、ふと言ったことがある。療治部屋にあっては患者の苦痛をやわらげ、健康と長生きの手助けをし、産み月の家に行っては新たな命の誕生に立ち会っている。くノ一として戦陣に立つことよりも、そうした日々に佳奈は充実を感じはじめていた。

佳奈のそうした心境を一林斎は、むしろ好ましいことと感じ取っていた。

「なあに、佐夜ノ中山のような仕事はもうあるまいよ」

一林斎は佳奈に声をかけ、千駄ケ谷の下屋敷に向かった。茶筅髷《ちゃせんまげ》で軽衫《かるさん》に筒袖《つつそで》を着込んだ上から羽織を着け、小脇に薬籠を抱え、いつもの医者姿である。もちろん腰には長尺苦無を提げている。

外濠の神田橋御門から城内に入ったが、赤坂御門から出る近道は取らず、迂回するように四ツ谷御門を抜けて千駄ケ谷に向かった。

鳩森八幡の鳥居の前にロクジュとトビタが立っていた。通り過ぎるとき、さらりと声をかけてきた。

「もうお越しでさあ」

「ふむ」

一林斎は軽くうなずき、紀州徳川家の下屋敷に向かった。

屋敷ではすぐヤクシが出てきて奥の一室に通された。用人も部屋に茶を運んできた腰元も知らない顔だった。

裏庭に面した明るい部屋だ。待つほどもなく襖《ふすま》の向こうに人の気配が立ち、

「おぉ、一林斎！　待たせたなあ」

自分で襖を開け、源六が一人で部屋に入ってくるなり一林斎の前にどんと腰を据え

た。となりの部屋に人のいる気配はなく、明かり取りの障子の廊下にも人はいない。ヤクシを見張りに、周囲から人を遠ざけたようだ。

　藩主が薬込役に極秘の下知をするとき、大番頭か組頭と直に対面するのが通例で、そこに不思議はない。だがそれは庭先であり、一林斎が光貞から由利を護れと拝命したときも、和歌山城内の奥庭だった。

　しかし、いまは下屋敷とはいえ座敷の中だ。源六と一林斎の間柄とはいえ、藩主と薬込役組頭との対面のかたちではない。

「さあ、足をくずしてくれ。そう格式張って座られたんじゃゆっくり話もできん」

と、端座の一林斎に胡坐《あぐら》を勧めた。

「しからば」

　一林斎は応じた。

「どうだ、一林斎、もちろん聞いて知っていよう。命を狙われていたわしが、どういう風が吹いたのか紀州徳川家を継いでしもうた、あははは。しかしなあ、忘れんぞ。ほれ、屋敷内ではいつもこれで通しておる」

　胡坐居《あぐらい》のまま両手を広げて見せた。小倉織《こくらおり》の袴《はかま》に羽織だ。小倉織とは木綿の丈夫な織物で、家康が鷹狩のときに好んで着用したといわれている。

「相変わらずじゃのう。その精神、向後《こうご》とも忘れ召さるな」

「おう、忘れぬ。で、一林斎」

源六は真剣な表情になり、襖の向こうにも障子の向こうの廊下にも人のいないのを確かめるような仕草を示し、

「これを見よ」

ふところから、皺《しわ》のつかないように丁寧に巻いた紙片を取り出した。半紙一枚分ほどの大きさか、文字でも地図でもなく、なにやら色付きの画紙のようだ。

「はて。なんでござろう」

「ともかく見よ。父上の葬儀のおり、和歌山城内で遺品を整理していたとき、たまたま見つけたのじゃ」

言いながら源六はひと膝まえににじり出て、巻いた画紙を一林斎に手渡した。

受け取った一林斎はゆっくりと開き、

「あっ」

声を上げた。

美人画……である。顔だけが画面に描かれている。

「こ、これを、どこで!」

一林斎の声は上ずった。誰を描いたかも、誰の絵筆になるかも記されていない。

「さきほども申したろう。父上の遺品の中からじゃ。以前を知る老臣を呼び、これは誰かと訊いたのじゃ。すると」

「お由利の方さま」

一林斎は応えた。おそらく光貞が御用絵師に描かせたものであろう。それを持つ手がかすかに震えるのを、一林斎はとめられなかった。これまで長尺苦無を手に敵と渡り合ったときも、これほどの緊張は感じなかった。

源六は言った。

「さよう。老臣はそう申したが、見よ……佳奈ではないか」

「御意」

一林斎は応えた。二十歳になった佳奈が由利と瓜二つであれば、もはや申し開きはできない。

「とうとう白状しおったな」

源六は屹《き》っと一林斎を見据えた。

「これを見つけたとき、すぐさまそなたに糺《ただ》したい思いに駆られたが、きょうまで延びてしまった。だからかえって、考える時間もあった」

「はっ」

恐縮する一林斎に、源六の言葉はつづいた。

「わが母が城内で命を狙われるほど、迫害を受けていたことは聞いて知っておる。わしまで、ついこのあいだまで狙われていたのだからなあ。そなたも冴も佳奈も、それに江戸潜みの者ども、国おもての竜大夫ら、よう護ってくれた。おかげでいまのわしがあるのじゃ。あらためて礼を申すぞ」

胡坐居のまま、源六は深く頭を下げた。

「滅相もございませぬ」

一林斎は両手で〝美人画〟を畳に押し広げ、ひれ伏した。

「さ、面《おもて》を上げてくれい」

源六はさらに言葉をつづけた。

「わが母の死について、いざこざがあったことはうすうす知っておる。なあ一林斎、そなたなら詳しく知っているはずじゃ。教えてくれ。佳奈がなぜ霧生院の娘になっておる。さあ」

「源六君」

一林斎は顔を上げ、

「しからば……」

話さざるを得なかった。お由利の方が〝下賤の身〟として光貞正室の安宮照子に疎《うと》まれ、生まれた源六の命が狙われたため城内で育てることができず、城代家老の加納家に預け、さらに由利が二人目を身ごもったとき、

「お由利の方さまが狙われ、そこをお救いいたしましたのじゃ。したが、お由利の方さまは毒を塗った手裏剣を打ち込まれ、息もたえだえのなかに女児をお産みになりましたのじゃ」

源六は顔面蒼白となり、一林斎の一言一句を聞いている。

由利は息を引き取ったが、その体内から冴が女児を取り上げた。

「それが佳奈じゃ。生まれたとあっては源六君同様、命が狙われる。そこで光貞公には母体もろとも死去と報告し、霧生院家の娘として育てましたのじゃ」

「やはり、やはりであったか。わしが城下の薬種屋に行くと、いつもそこに佳奈がいた。一緒に城下を駈け、遊んだ。まるで兄妹《きょうだい》のようになあ。それが、ほんとうの、ほんとうの妹だったのじゃなあ。一林斎、礼を言うぞ。冴にも、さように伝えてくれ。したが、向後いかにすればよいのか」

ドキリとする一林斎に、源六はさらにかぶせた。

「いままでずっと、将来《さき》はいかにと悩みながら育ててきたのじゃろ。佳奈はそれを知らない。どうじゃ、図星じゃろ」

「御意」

「それでじゃ、向後どうするか、いつ佳奈に話すか、あるいは話さざるか」

「えっ」

「驚くな。もっとも肝要なのは、佳奈にとっていかにすれば最も仕合わせか、そこに尽きよう」

源六は視線を空《くう》に泳がせた。

一林斎は、ホッとするものを得た。

『ただちに紀州家奥御殿に……』

源六が言うのを、懸念していたのだ。

だが、そうではなかった。

空に泳いだ源六の視線は語っていた。

(血筋ゆえに命を狙われ、いまは幸運に見えても、このさきなにが起こるか、大名家ゆえの、しかも将軍家につながるがゆえに、一層おどろおどろしい事態に巻き込まれるやも知れぬ)

それだけではない。

（これまでは、霧生院で結界《けっかい》をつくっていた。佳奈がわしの許にくれば、もはや霧生院の手は届かず、結界はなくなる）

「源六君よ」

一林斎は口を開いた。

「なんじゃ」

「源六君はいかように」

「それをわしに訊くな。佳奈にとって最も佳《か》となろう策は、そなたらが最もよく知っていよう。そなたら、育ての親ゆえのう。しかもわしを含め、佳奈の命を守り通してくれた。佳奈のために、さあ、考えてくれ。そのために、わしはきょうそなたを呼んだのだ」

言うと源六は、畳の上に広げられた由利の肖像画をそっと手に取り、ふたたび筒状にまるめ、

「これはわしの宝物ゆえのう」

言いながら腰を上げた。

ヤクシに正面門まで見送られ町場に出ると、鳩森八幡の前でロクジュとトドタが待

っていた。二人とも、新たな下知を期待している。

だが、一林斎の顔色を解したか、並行して歩を取ったものの問いは入れなかった。

しかし一林斎は言った。

「佳奈のことじゃった」

二人は歩をとめ、一林斎の背を見送った。元凶の存在しなくなったいま、佳奈の境遇に変化の起こることは、二人にも予測できることであった。

一林斎は一呼吸でも早く神田須田町に戻り、冴に相談したかった。

午《ひる》を過ぎていた。さいわいというべきか、午後の患者はまだ来ていなかった。が、話せる状況ではなかった。

佳奈が髷を乱し、居間で泣いていたのだ。

一林斎が千駄ケ谷に向かってから間もなくだった。すでに療治部屋にも待合部屋にも患者が入っていた。

小柳町の古着屋から使いの者が冠木門に駈け込んだ。おしのが急に産気づいたというのだ。冴はちょうど胃痛の患者に複雑な鍼を打っていたところで、途中でやめることも代わることもできなかった。

「あっ。おしのさんならわたしがずっと診ていました。大丈夫、わたし一人で」

佳奈は言うなり薬籠を小脇に庭へ跳び降り、庭下駄をつっかけた。

裾を乱し、走った。心中には、これまで見舞ったときはいずれも順調だったからと余裕はあった。

だが、行ってみると、おしのは窒息寸前のように苦しんでいた。佳奈は慌てた。死産だった。母体からの出血が止まらない。知らせを受け冴が駈けつけたときはすでに遅かった。おしのは激痛に悶えながら息を引き取った。

「わたしが、わたしが死なせたーっ。いえ、殺した、二人ともーっ」

佳奈はその場で髪を乱し、泣き叫んだ。

冴に抱きかかえられるように、さらに古着屋の者につき添われ、霧生院に戻ってからも居間で泣きやむことはなかった。それどころか、

「わたしは、わたしは未熟者なんですうっ、半人前にもならない。だからなんですうっ、二人ともーっ」

さらに泣き声は大きくなり、これまでの自信が音を立てて崩れ、向後自分がなにをしなければならないかを悟った瞬間であった。

そこへ一林斎が帰ってきた。

かけるべき言葉がなかった。髪を乱しみずからを責める姿に一林斎は、一月《ひとつき》かさらに幾月か、その身に余計な話を持ち込む精神的余裕のないことを悟った。

四

源六は多忙を極めていた。

徳川頼方こと源六が家督認可の御礼のため綱吉将軍に拝謁したのは、千駄ケ谷の下屋敷へ一林斎を呼んだ二日後、神無月（十月）六日のことだった。

綱吉は江戸城本丸御殿で、将軍の謁見の場として最高位の中奥御座ノ間で源六を迎えた。

「おまえが紀州家を継ぐことになり、余は嬉しいぞ」

と、綱吉はご満悦だった。源六は綱吉に対し、諸事華美に走り、生類憐みの令に見るように、あまりにも世間を知らな過ぎる政道に反感を感じていた。それが表情にもあらわれる。周囲がすべて愛想笑いと巧言令色《こうげんれいしよく》に満ちたなかにあって、そうした源六が〝不敵な面構えじゃ〟と気に入る一因となっていた。

「もっと近う、近う参れ」

「ははっ」

膝行《しっこう》した頼方こと源六に、綱吉は言った。

「そのほう、これより吉宗《よしむね》と名乗るがよいぞ」

「はーっ」

将軍家より諱《いみな》の一字をもらった。徳川吉宗誕生の瞬間である。

徳川吉宗となって本丸御殿を辞去した源六の行列は、大手門を出て外濠赤坂御門の上屋敷に戻った。

大広間に三百余の上席家臣が居ならんでいる。そのなかに諸事取次役となった小泉忠介と、五十五万五千石の城代家老となり国おもてから出て来ていた加納久通の顔があった。これより吉宗が、家臣たちの前で初めて藩政の方針を話すことになる。

言葉は短かった。

「みなの者、諸事節約すべし。余を見習うがよいぞ」

「はーっ」

家臣団は平伏した。吉宗こと源六は、袴も紋服も小倉織の質素なものを着けている。大広間に居ならぶ臣下のなかで小泉忠介と加納久通以外、吉宗とおなじ粗衣をまとった者は一人としていなかった。

小田原から江戸までの行列のとき、すでに藩士の多くはこの日のあるのを予想していたか、家臣らは得心せざるを得なかった。


翌日トビタのつなぎでこれを知った佳奈は、居間で書見台《しょけんだい》に向かったまま、

「兄さんが吉宗さん？　ご大層な名で、人騒がせなど起こらねばいいのだけど」

ぽつりと言ったのみで、ふたたび書見台の薬草学の書籍に目を移した。小柳町の母子を死なせたことで、佳奈はみずからに謹慎《きんしん》を課し、

「わたしには、やらねばならぬことが山ほどあります」

と、療治部屋に出ることなく書見台に向かい、また薬研を挽き、鍼砥ぎに没頭していたのだった。

そのような佳奈を、

「成長したのう」

と、一林斎と冴は見守る一方、源六が秘かに宝物としている由利の肖像画の話を佳奈に切り出す日が、また延びたことにホッとする思いにもなっていた。

謹慎する佳奈に、

「たまにゃ気晴らしにどうでえ。お嬢がいねえんじゃ畑の手入れも張りが出ねえや」

裏庭からときおり、庭掃除や畑仕事の留左が泥足泥手のまま声を入れていた。

佳奈が謹慎を解き、ふたたび療治部屋に出るようになったのは、年が明け宝永三年（一七〇六）となってからだった。

「おぉう！　出てきてくれなさったか」

と、どの患者も療治部屋で、また待合部屋で声を上げた。

その間にもロクジュとトビタがいつも小泉忠介からの報告をつなぎに来ていた。そのたびに二人とも開口一番、枕詞《まくらことば》のように言っていた。

「吉宗公には、ご多忙を極めておいでとのことにございます」

実際、そうであった。

源六が紀州徳川家の家督を継ぎ、頼方から吉宗になったころ、元禄以来の華美と贅沢がたたり、さらに綱教《つなのり》、光貞《みつさだ》、頼職《よりもと》と葬儀がつづいたことも災いし、かつて綱吉の来臨に奥御殿を建てたときの借財も未払いのまま、大坂商人の鴻池《こうのいけ》や淀屋《よどや》に新たな借財を重ねるところとなっていた。

だから質素倹約なのだ。施政方針はそれだけではない。世間を知る源六はよく言っていた。

「身辺を清くするばかりでは人は萎縮するのみ。世を経《おさ》め民を済《すく》うことこそ肝要」

鴻池や淀屋からの借財をさらに重ね、河川堤防の普請《ふしん》、新田の開発に充てた。新たな借財をすると同時に、商人からの冥加金《みようがきん》のあり方も改革し、藩収入を増やした。新税ではない。米の販売や物資の流通は一部の富豪に牛耳《ぎゆうじ》られ、なかば御用達《ごようたし》のごとく事業を独占し暴利をむさぼり、それらと結託した藩の勘定方や作事方《さくじがた》などが賄賂《まいない》などで私腹を肥やすのが当然といった風潮があった。そこに大鉈《おおなた》を振るい、各種事業を藩営とし、藩の管理下に置いた。もちろん借財をしている鴻池や淀屋を相手にこれを断行するには、関係する家臣の処分や入れ替え、さらに摂津や室津、宮、京などでの藩士や関係商人の癒着への探索が必要だった。そこに竜大夫配下の薬込役が大いに動いたのだった。

城代家老が加納久通であれば、それらの役務は順調に進められた。江戸市中ではロクジュとトビタが活動し、藩邸内では小泉忠介とヤクシが秘かに動き、不正や癒着の探索に成果を上げていた。

改革はそうした一部分のみにとどまらなかった。

「やがて廃止するときは、きっと来ようから」

と、吉宗こと源六は語り、全藩士に二十分の一の差上金《さしあげきん》を命じたのである。

もちろん、江戸藩邸でも国おもてでも藩士らの不満はつのった。だが翌年の宝永四

年（一七〇七）の春、吉宗こと源六が藩主となって初めてのお国入りのときだった。その行列を見て、

「おぉお、これは！」

と、家士も領民らも納得した。その供揃えは往時の半分にも満たず、華美は一切排除され、質素そのものだったのだ。もちろん権門駕籠から降り立った吉宗のいで立ちは、袴も羽織も小倉織の木綿物だった。

さらにあった。城門や代官所の正面門に訴訟箱を設け、領民の忌憚《きたん》のない意見を汲み上げ、一年、二年と経るなかに、人材の登用や産業の振興、新田の開発へとやがてつなげることになる。

城内の奥庭で竜大夫から遠国潜みの報告を受けるとき、

「一林斎もそなたも、秘かによう随行してくれた。幼児のときも居候のときものう。それらの行脚《あんぎゃ》がいま、大いに役立っている。礼をいうぞ」

吉宗こと源六は言ったものだった。

竜大夫はさっそく符号文字の文《ふみ》を江戸の霧生院に認《したた》めた。

一林斎が秘かに下知し、ロクジュとトビタが精を出している廻船問屋の財務面の探索など、佳奈にできる仕事ではない。その分、町の療治処としての霧生院の〝役務〟

と修練に没頭していた。はた目には小柳町の件はもう引きずっていなかったが、佳奈の脳裡からそれが片時も離れることはなかった。

和歌山からの状箱を担いだ飛脚が霧生院の冠木門に走り込んだとき、三人とも療治部屋にいた。

源六の慥《しか》とした成長ぶりに、一林斎の胸には熱いものが込み上げ、

「このさき、大丈夫かしら、源六の兄さん」

佳奈は心配顔になり、冴はその竜大夫直筆の符号文字を見るなり、顔色を変えた。

季節は宝永四年（一七〇七）晩春のことだった。

五

冴が顔色を変えたのに無理はなかった。一林斎も封を切ったとき、それを強く感じたのだ。

文字に力がない。というより、弱々しかった。

（父上は、もう筆を走らせる力さえ失いかけておいでなのか）

冴は感じたのだ。

その懸念が現実となったのは、冴が顔色を変えてから一月《ひとつき》ほどしか経ない卯月《うづき》（四月）なかばのことだった。このとき吉宗こと源六は国おもてにあった。

組屋敷から文が届くのと前後し、大名飛脚による源六直筆の書状も、小泉忠介を経て霧生院に届けられた。冠木門に駈け込んだのはヤクシだった。

冴は悔いた。なぜ前回の文に危惧を感じたとき、国おもてに帰らなかったのか。

「お爺《じじ》さまが！」

佳奈は絶句し、

「源六の兄さん、それが五十五万五千石の太守ですかっ。老いられた身を思いやれなかったのですかっ」

思わず縁側に出て西のほうへ向き、天を仰いだ。源六から一林斎と冴に宛てた文には、児島竜大夫の死を知らせるとともに、

――許せ

一言、添えられていた。組屋敷で、激務に疲れての死だった。

「いかがなされましょうや」

ヤクシが神妙な口調で問いを入れた。

「行かずばなるまい」

一林斎はある覚悟をもって応えた。

「いまからでは飛ぶ鳥でも初七日さえ間に合うまい。なれど、ひとたび行けば初月忌《しょがつき》(最初の月命日)まで向こうに滞在するやもしれぬぞ」

法要だけではない。加納久通と次の大番頭《おおばんがしら》についても話し合わねばならない。

それに、

「佳奈も一緒にのう」

つけ加えた。

一林斎の決意がそこにあらわれており、冴も悟ったか無言のうなずきを入れた。

お供は……ヤクシは言いかけ、あとを呑み込んだ。その旅は〝家族〟三人だけのものになることを直感したのだ。

患者は多く、連絡や薬湯の用意に丸一日を要し、出立は二日後の早朝となった。

また留守居となった留左は、ふたたびとめおかれた悔しさを隠し、

「へへん、やっぱり此処《ここ》にはあっしが必要なんでござんすねえ」

と、まだ暗い冠木門の前で、向かいの一膳飯屋のおかみさんらとともに見送った。

道中に脇差は荷物になる。ふたたび油紙に包んで床下に埋め、印籠は一林斎が背に結ぶ打飼袋《うちがいぶくろ》の中に入れた。光貞から拝領した、葵の紋所が入ったあの手証である。

「佳奈、覚えていますか、三人でここを旅したこと」

品川宿を過ぎてから、海道の潮騒《しおさい》を耳にしながら冴が言った。重人な決意の、前《ぜん》哨《しょう》のつもりだった。

佳奈は応えた。

「覚えておりますよ。四年前じゃありませんか、佐夜ノ中山。あぁ、あのとき」

「そうではない、十六年前じゃや。佳奈が六歳のときだった。われら家族三人でこの海道を江戸へ向かったのを」

一林斎と冴の息は合っている。一林斎も前哨のつもりでつないだ。

「えっ、そんなむかしのこと。あっ、すこしは記憶にあります。四年前にもそれを思い出しましたから」

佳奈は屈託なかった。

一林斎と冴は歩を踏みながら、無言で顔を見合わせた。

江戸を発った旅人の多くがそうであるように、一日目は戸塚宿で宿を取り、二日目の夕刻、かなり早い時分に小田原宿へ入った。

そろそろ出はじめた出女たちの声をふり切り、一林斎は定宿《じょうやど》でもあるかのように歩を進めた。すでに決めている宿があった。

この小田原は二年前、頼職《よりもと》が本陣で死去し源六の第五代藩主就任が確定した宿場である。さらに十六年前、久通の父である加納五郎左衛門《ごろうざえもん》が、八歳の源六をともない江戸へ出府する途次、この本陣に草鞋を脱いだ夜、源六に紀州徳川家の若君であることを打ち明けた宿場でもある。

できれば一林斎は、おなじ本陣のおなじ部屋に入りたかった。だが、できることではない。その足が向かった先は、脇本陣だった。

——紀州徳川家御典医 霧生院一林斎ならびにその妻女冴と娘佳奈
手形は小泉忠介が用意した。それがあれば、大名行列の一行が入っていない限り、部屋を取ることはできる。本陣にも脇本陣にも、大名行列は泊まっていなかった。部屋を取っているのは、いずれも単独で旅に出た高禄の武士たちだった。

「えぇえ、ここに?」

脇本陣の玄関前に立ったとき、佳奈は目を白黒させた。手形は五十五万五千石の御典医とその家族である。奥の静かな部屋に入ることができた。

「どういうこと?」

まだ佳奈は首をかしげていたが、

「さあ、早く湯につかり、夕餉をいただきましょう」

冴に急《せ》かされ、湯舟に浸かり部屋で夕餉の膳もかたづけられたころ、ようやく屋内では行灯が欲しくなる時分となっていた。

さっきから佳奈は冴に言われるままに動き、箸も取ったのだが、ようやく一段落ついた部屋に、まだ寝るには早く、なにやらもう一幕ありそうな雰囲気を、一林斎と冴のようすから感じ取っていた。

思わず佳奈は父上、母上ではなく、

「トトさま、カカさま。今宵はいったい」

言ったところへ、女中が行灯を運んで来てすぐ退散した。

「佳奈、座りなさい」

「えっ、座っていますよ」

おもむろに一林斎が言ったのへ、佳奈は不思議そうに返した。

「いいから、座りなさい」

冴からも言われ、佳奈は胡坐居《あぐらい》の一林斎と端座の冴の前に、向かい合うように端座の姿勢をとった。三人は脇本陣の用意した夜着を着けている。一林斎と冴が緊張しているようすに、佳奈はなにやら恐ろしいものを感じた。

「佳奈、まずこれを見なさい」

一林斎はすでに用意していたか、ふところから印籠を取り出した。

畳の上に置き、

「さあ、手に取ってよく見るのじゃ」

「……………?」

佳奈は手に取った。黒の漆塗りに金箔の葵の紋が打たれ、根付《ねつけ》は紀州沖で獲れた鯨《くじら》の骨の細工物である。

「えっ、葵の紋所? これ、源六の兄さんの? なぜ……?」

「いいや。亡き光貞公より、佳奈にと拝領した品じゃ」

「えっ、光貞公? どなたです。葵のご紋所でも、こんなの薬籠にもなりませぬが」

「これ、もったいない。さあ、おまえさま」

冴は怪訝な表情になる佳奈をたしなめた。無理もない。佳奈は光貞公なる人物を知らないのだ。

「うおっほん」

冴にうながされ、一林斎は咳払いをして話しはじめた。さっきよりも、部屋には行灯の灯りが目立ちはじめている。

「光貞公とはのう、紀州徳川家の第二代藩主さまで、徳田光友さまのことじゃ」

「えぇえっ、徳田の爺《じじ》さま？　あの爺さまが紀州徳川家の⁉　それなら、源六の兄さんは‼」

「さよう。紀州徳川家の若さまじゃった。それゆえ、第五代藩主になられた。そこで佳奈よ、そなたはのう、その源六君の妹君なのじゃ」

「えっ。カカさま！」

一気に言った一林斎の言葉に佳奈の脳裡は混乱し、助けを求めるように冴へ視線を向けた。行灯の中の炎がかすかに揺れた。

「そうなのです。そなたと源六君は、実の兄妹なのです」

「実の……」

思いあたる節は多々ある。一林斎と冴の顔を、佳奈はつぎを待つように交互に見つめた。

「そなたの母君はのう……」

源六が吉宗となる二日前、千駄ケ谷の下屋敷に呼ばれて由利の肖像画を見せられ、すべてを話したように、葵の印籠を手にしている佳奈にもなにもかも話した。由利が息絶え佳奈が生まれたときのようすも、その背景も余さずに……。

「そ、そ、そ、そんなことっ」

佳奈の声は大きくなり、

「だから、だから嫌なのです。血筋がどうのとゆえに、まったく人騒がせではありませぬか！　それでこれまで、幾人のお人が、命を落としましたのですか！」

取り乱してはいない。佐夜ノ中山を含め、来《こ》し方《かた》をふり返ったのだ。

「佳奈」

「はい、母上」

ふたたび佳奈は冴と一林斎の顔を交互に見つめ、

「あす、あすまたお聞かせください。それまでこの印籠は、お預かりくださりませ」

丁寧に言い、印籠を持った手をそっと一林斎のほうへ差し出した。胸中にはすでに、なにやら定めたことを秘めている表情だった。

「ふむ」

一林斎はうなずき、葵の印籠を佳奈から受け取った。

その夜、一林斎の脳裡は恐怖に駆られた。佳奈が着飾り、紀州家上屋敷の奥御殿に入る姿が、行灯の火を吹き消した闇のなかに浮かんだのだ。その先になにが待っているのか……。佳奈にとって、なにが最も仕合わせか、源六は一林斎に言った。

「――それに尽きる」

これが慶事か否《いな》か……一林斎に判断はつきかねた。

その迷いは、すぐ横の蒲団に寝ている冴も同様だった。

六

翌朝、女中や番頭に見送られ脇本陣を出たのは、三人ともゆっくり眠れなかったか陽のすっかり昇った時分だった。

小田原も海道の名にふさわしく、町場を抜けるとすぐ道筋に海浜が迫っており、風の強い日には波しぶきが道行く者に降りかかる。

この日は穏やかだった。

「父上、母上。潮風が心地ようございます」

佳奈は笠と杖を手に砂浜へ走った。

「これこれ、子供のように」

冴が追い、一林斎もつづいた。三人で和歌山から江戸へ出るとき、こうした場面は幾度もあった。一林斎と冴にとってはその日の再現であり、それができるのはこたびが最後かも知れない。

　佳奈はふり返った。

「父上。昨夜の印籠を、もう一度見せてくだされ」

　手を差し出した。

「ふむ」

　一林斎は応じ、打飼袋を背から外し印籠を取り出して佳奈に手渡した。昨夜は大事な話が先送りされたが、いま佳奈の口からなにが洩れるか、冴が緊張した面持ちで二人の仕草を見つめている。

「父上、母上」

　言うと佳奈は潮風と潮騒に包まれた身をふたたび海に向け、

「源六の兄《あに》さんがほんとうに兄さんであったこと、嬉しゅうございます。ですがわたくしには、まだまだ霧生院にて成さねばならないことが山ほどありまする。それが、世のため人のためと心得ております。その思い、五十五万五千石より、はるかに重うございます」

　言うなり、

「えいっ」

冴から手裏剣の手ほどきを受けている。宙に舞った印籠はかなり遠くへ飛んだ。

「あぁあ」

冴が声を上げ、葵の印籠は大海原の波しぶきと潮騒のなかに消えた。

「よしっ、ようし」

佳奈の背に、一林斎は腹の底から声を投げた。

箱根を越え、駿河から紀州まで、穏やかな家族三人の旅となった。

佳奈がおなじことを、源六にも言う機会があった。

和歌山に着き、一連の法要をすませ、源六がお忍びで城下に出たときだった。もちろん佳奈が一緒だ。遠くから一林斎の差配する薬込役が数名、警護についている。

紀ノ川の河原だった。源六は木綿の袴の股立《ももだち》を取り、佳奈は着物の裾をたくし上げて流れに浸かっている。童心に返っている。だが、二人の前には難題がある。表情は両者とも深刻だった。

「佳奈、いかがする」

源六は訊いた。藩政は大改造のまっ最中だ。当然、藩内の反発も強い。そこへ上屋敷の奥御殿にいきなり佳奈が入れば、どのような風聞が立ち、改造に抗《あらが》う勢力から

どうつけ狙われるか知れない。佳奈は並みの女ではない。戦うだろう。源六には強い味方だが、それが佳奈にとって、

(仕合わせなのか)

紀州徳川家の〝姫〟として迎えたい源六ではあるが、躊躇もある。

「わたくしには、市井にやるべきことが……」

と、佳奈が明確に言ったのへ、

「ふむ」

源六はうなずいていた。

国おもてで霧生院の一家は、薬込役の組屋敷に入っていた。

新田の開発は進み、あと二、三年で成果の見えるところまできている。産業の振興も同様だった。廻船問屋など、藩との関わりの改造には即効性があった。藩庁の構造に大改造を加え、癒着を断ち切ったことにより藩収入は増えた。当然そこには相当数の藩士の異動はもちろん、謹慎や降格などの処罰もあった。むろん、そこへの恨みも渦巻いている。

それらを見聞しながら、一林斎は加納久通と吉宗こと源六の三人で、秘かに児島竜

大夫の後継を話し合った。順当なら一林斎が江戸を引き上げ、薬込役大番頭に就くところだ。戦国からつづく霧生院家の一林斎なら、誰もが納得するだろう。前大番頭の娘婿《むこ》とあってはなおさらだ。

だが源六も加納も、霧生院家が江戸潜みとなった真の理由を知っている。さいわい現在《いま》のところ、城内にも城下にもみょうな噂は立っていない。佳奈も心得たもので、人前にはあまり出ないようにしており、竜大夫の法要に際しても、かつて由利の顔を知る老臣や老女中は遠ざけた。これには城代家老である加納久通の力が働いている。

だが、城下の組屋敷に住みついたとなれば話は別だ。あまりにも似ているところから、噂はながれるだろう。

源六が江戸に出府しているあいだに、不満勢力が一矢報いようと佳奈を人質に取ろうとするかも知れない。薬込役を相手にできるはずはないが、一悶着は起きるだろう。それこそ佳奈が言う、

『人騒がせな』

であり、こんどは自分がその原因となるのだ。

「暫時、加納どのが大番頭を兼務してもらえまいか。儂はまだ江戸の神田須田町でや

らねばならぬことがありますでのう」

「仕方がありません。しばらくそうしましょう」

加納は暫定的にということで応じ、源六は一林斎に言った。

「やらねばならぬことがあるとは、そこもとではなく、佳奈であろう」

「御意」

「ふふふ、なんともわしによう似て自儘《じまま》なやつよ」

と、源六と一林斎は互いに口元をほころばせ、その二人に加納は苦笑していた。藩主の源六も城代家老の加納も、最大限に佳奈の意志を受け入れたのだ。

組屋敷で話を聞いた冴は佳奈に言った。

「そなたは、なんと果報者よ」

と、佳奈の決断を最も喜んだのは、冴であったかも知れない。

さらに、

「人騒がせなど、もう嫌でございます」

強い口調で言う佳奈の願いで、

――あくまで霧生院家の娘
と、これを押し通すことが、一林斎と源六、加納の三人のあいだで話し合われた。

安堵のなかに霧生院の一家三人は、竜大夫の初月忌まで組屋敷に滞在し、江戸への出立は皐月（五月）の夏空となった。

「へへん。ちょいと物足りやせんが、そのぶん張り合いが出やすぜ」

留左が言った。これまでは柳原土手で野博打を打つあいまに霧生院の手伝いをしていたのが、いまでは手伝いのあいまに、

「へへ、ちょいと」

と、ときおり柳原土手へ走る程度になっている。

留左が〝物足りない〟と言ったのは、薬込役の隠密めいた仕事への手伝いがなくなったことに対してだった。町場であっても、ロクジュとトビタが目を光らせている廻船問屋の動向など、とうてい留左の分野ではない。それよりも、和歌山から帰って以来、佳奈はますます鍼の技に研磨をかけ、薬草学への探究にも熱心となり、そのぶん霧生院に活気が満ちてきていた。

国おもてから来る知らせも、

――新たなご政道に、着々と成果が出はじめている

といったものがほとんどだった。

この年の神無月（十月）に紀州沖で巨大地震が発生し、紀州沿岸はむろん遠州灘から熊野灘さらに土佐の沿岸を大津波が襲い、各地で甚大な被害が発生したとの知らせが入り、江戸でもかわら版が飛ぶように売れた。

藩邸から入る知らせのほか、留左が江戸中を走って各種のかわら版を買い集めてきたが、紀州にとってさいわいだったのは、このとき源六が国おもてにいたことだった。これまで城下をくまなく駈けていた真価がこのとき発揮された。源六は復旧の陣頭指揮に立ち、禍をもって福となすか、復興を藩改造の飛躍台とした。

「ほう、源六君め。思うた以上に、大きくて利発な人物じゃのう」

「ほんに、底知れぬほどに」

一林斎と冴は話したものだった。

紀州が日々変化するなかに、柳営（幕府）にも大きな変化の兆《きざ》しがあった。

宝永六年（一七〇九）正月十日、綱吉が前年暮れより流行していた麻疹《はしか》にかかり、死去した。行年六十四歳だった。

震災と津波からの復興のため、まだ和歌山にあった吉宗こと源六は知らせを受けるなり後事を加納久通に託し、行列ではなく少人数の騎馬隊を組み江戸へ疾駆《しっく》した。

馬を幾頭乗りつぶしたか、上野寛永寺《うえのかんえいじ》で催された初七日の追善法会《ほうえ》には間に合わなかったものの、なんとその日の夜に騎馬のまま山門へ飛び込み周囲を驚かせた。

翌日、目を覚ましたのは上屋敷の奥御殿ではなく、千駄ケ谷の下屋敷だった。

極度の疲労を癒すため、鍼を所望したのだ。佳奈を呼ぶためである。

知らせを受けた佳奈は、目立たぬように留左を供に駈けつけた。

「早馬の知らせに早馬で駈けつけ、寛永寺に飛び込むとは兄《あに》さんらしい」

甘菜《あまな》の薬湯を煎じながら、佳奈はあきれるようにいったものである。いかなる事態にも迅速に対応する……早馬はその修練だった。源六はこの年二十六歳。若さの盛りである。二十四歳の佳奈には、源六のそうした迅速な行動力が理解できた。

全身の疲れを取り去る鍼を佳奈から受けながら、源六は言った。

「孔子の儒《じゅ》は善《よ》しといえど、人間《じんかん》を知らずしてなんぞ儒や……あははは。わしは人間を知っておるつもりじゃが、佳奈よ。そなたらには及ばぬわい」

綱吉の生類憐みの令を言っている。憐み粉を発案し、多くの大名家や市井の人々を救ってきたのは一林斎なのだ。

「あれはもうすぐ廃止じゃ。もうすぐな」

「そう願いとう存じまする」

くつろいだ雰囲気のなかに佳奈は返し、源六はさらにつづけた。

「のう、佳奈よ。憐み粉で人間《じんかん》に尽くす世はもう終わろうが、きょうのこの鍼や薬湯のように、困ったときにはまたわしを助けてくれんか。それを言いとうて、きょうおまえをここへ呼んだのじゃ」

「うふふ、兄さん」

「痛《いて》っ」

肩や腰の疲れを除去する、背中の身柱《しんちゅう》と呼ばれる経穴《つぼ》に鍼を打っていた。わざと痛みを加えたのだった。

「わたくしに、そのような力はありませぬ。それに、人騒がせは嫌でございます」

と、ふたたび身柱に打った鍼は、効果はあっても痛みはなかった。

源六は満足げな表情になっていた。

七

「へへん、久しぶりにお嬢のお供をさせてもらいやしたぜ。大したもんだねえ、お嬢は。お大名家の座敷に上げられてよ」

と、千駄ケ谷から留左が意気揚々と帰ってきた翌日、正月十八日のことである。午前に薬草畑の荒起こしをし、午過《ひるす》ぎに、

「へへ、ちょいと手慰みを」

「もう、いい加減にしなさいねえ」

四十路《よそじ》を超した身で佳奈に言われ、照れながら霧生院の冠木門を出て柳原土手に向かった。

すぐだった。

「せ、せ、せ、先生！　きて、来てくだせえっ。やま、やま、病犬《やまいぬ》だあっ」

出たばかりの冠木門に飛び込んで来た。足がもつれている。

「おっとっとっと」

「病犬!?　どこだっ」

一林斎は肩を傷めた大工に鍼を打っていたときだった。中断し縁側に走り出た。留左は庭に転びながら、

「土手、土手っ。それも三匹、四匹！　もう咬まれた者もっ」

「なに！　佳奈、薬籠をっ。つづけ！」

庭に跳び下り庭下駄をつっかけた。

「おまえさまっ、これを！」

「おう」

冴が縁側から放り投げた長尺苦無を受け取り、佳奈が薬籠を小脇に庭へ飛び下りるのがほとんど同時だった。

「留、どのあたり！」

「こっちでさあっ」

冠木門を走り出る留左に長尺苦無を手にした一林斎と、薬籠を小脇に着物の裾をたくし上げた佳奈がつづいた。

「あぁぁぁ」

療治部屋の大工も待合部屋にいた患者数人も縁側に首を出し、恐ろしいものでも見るように見送った。

そう、恐ろしいのだ。病犬に咬まれたらもう助からない。その犬の恐ろしさと見分け方は、神田一円に一林斎や冴が伝え、注意するよう充分に啓蒙しており、

「――見つけたら、すぐ知らせよ」

常に言っていた。

留左たちが冠木門を走り出るとき、逆に駈けて来て飛び込もうとする数人とぶつか

りそうになった。

「先生！　病犬があっ」

　それらは叫んだ。留左同様、柳原土手から走って来たのだ。

　筋違御門《すじかい》の火除地広場に出ていた大道芸人や物売りなどは、四散しようとする往来人のなかで大慌てに店仕舞いをしている。

　――咬まれては死を待つのみ、ただ逃げよ
　これまでの一林斎の啓蒙が効いている。

　現場は火除地広場から柳原土手に入ってすぐのところだった。

「わーっ」

「母ちゃん、かあちゃん！」

「早くうっ」

　土手道から人が走り出て来ている。

　両脇の古着屋や古道具屋の台などが逃げようとする人々にひっくり返され、それら商品が地に散乱している。拾う者などいない。自分の命を護るのが第一なのだ。

「おっ、一林斎先生じゃ！」

「おぉお！　霧生院の先生じゃぞ」

「あっ、佳奈お嬢もっ」

混乱の中から声が上がる。

「こっちだ、こっち！　早うっ」

留左が走る先に、十数人の男や女たちが、戸板や莚《むしろ》で囲みをつくっている。犬を囲んでいるのだ。目が異様で口からはよだれを絶え間なく垂らし、凶暴ですぐに飛びかかろうとする犬……病犬である。囲みの中の犬はまさにそれだった。しかも三頭、これほどの恐怖はない。それを囲い込む。勇気ある人々の行動というほかはない。病犬でもお犬さまであり、打ち殺せば即死罪だ。ただ囲み、被害が拡大するのを防ぐ以外にない。

その囲みの中に女が一人、足から血を流し崩れ込んでいる。そのすぐ横に、首筋を手で押さえた男が茫然と立っている。押さえた指のあいだから血がしたたっている。二人とも咬まれたのであろう。もう憐み粉の域を超えている。

――ウゥウゥッウゥッ
――グゥウゥウゥッ
三頭の病犬は囲みの中に首を低くして動きまわっている。

「きゃーっ」

犬が莚を持った女に飛びかかろうとした。

「それっ」

周囲から一斉に桶で水がかけられた。犬はたじろぎ、囲みの中に退いた。もう幾度めだろうか、囲みの中は水浸しになっている。

「早う、早う」

数人の者が桶を手に神田川へ駈ける。だれ言うとなく連携ができている。まさに江戸庶民の心意気である。

が、一斉に水をかけた瞬間、囲みの戸板と莚の列が乱れ、そのすき間から、

「お父、おとうっ」
四、五歳の男の子が中に駈け込んだ。首筋を押さえている男の子供であろう。
「来るなっ」

男は叫んだが遅かった。

――ウウッ
一頭の病犬がその子に飛びかかった。

「あぁぁぁ」

周囲から悲鳴が上がる。

「いかん！」

一林斎は囲みの中に跳び込んだ。

つぎの刹那《せつな》、

——キュン
病犬は子供の頭に咬みつく寸前、地に落ち動かなくなった。一林斎の長尺苦無が犬の頭を砕いたのだ。

が、

「あぁっ」

佳奈の悲鳴だ。もう一頭が一林斎の背後に飛びかかった。佳奈は薬籠箱を投げつけた。当たった。だが頭ではなく胴だった。一林斎がふり返ると同時に、病犬は肩に咬みついた。痛みが走る。一林斎はふり払い、

「えいっ」

——キュン
脳天を打ち、病犬はその場に崩れ落ちた。即死のようだ。

すぐ手当をすれば助かるかも知れない。手当といっても咬まれた箇所の肉を削ぎ、

毒素の体内にまわるのを防ぐだけである。肩では自分で削ぎ落とせない。だが佳奈がいる。できないことではない。

やはりできない。もう一頭、残っている。

——ウウウッ
父親に抱きしめられた子供を狙っている。

「先生！」

薪雑棒《まきざっぽう》を振りかざした留左が囲みの中に跳び込んだ。

「来るな！　留っ」

一林斎は叫んだが留左はさらに踏み込み、

「畜生！」

打ち下ろした。背だ。にぶく骨を打つ音が聞こえた。

「おーっ」

戸板や薪雑棒を手にした数名の男たちが囲みを乱し、

「くそーっ。これ以上、犬公方の亡霊に人が殺されてたまるか！」

打ちながら叫んでいる。

綱吉の死はすでに江戸市中に知られている。だが生類憐みの令はまだ廃止されていない。

「ちくしょーっ、いままで幾人殺しやがった！」

声は病犬に対してでなく、犬公方の綱吉に対してだった。くずれ込んだ犬をつぎつぎと打ち据えた。

——キュキュッ

かすかに犬の声が聞こえる。

「おおぉぉお」

集まった群衆の中から声が上がった。隠密同心の杉岡兵庫と足曳きの藤次が駈けつけたのだ。隠密行ではなく、小銀杏《こいちょう》の髷で地味な着ながしに黒羽織を着けている。どこから見ても奉行所の役人とその岡っ引だ。お犬さま三頭の死骸がころがっている。お縄になれば一林斎と打った男たちは死罪……蒼ざめる者もいた。

が、

「おぉ、一林斎どの」

「これは杉岡どの、三頭とも病犬でござった」

一林斎は三頭の犬の死骸を手で示した。

「うっ。心得た」

杉岡はうなずくと背後の藤次にふり返り、

「お犬さまはいずれかへ走り去られた。騒ぎは落着。奉行所へ知らせるに及ばず。そう近辺の自身番に触れてまわれ」

「がってん」

「おーっ」

周囲から歓声が上がり、いずれもが駈け出そうとする足曳きの藤次に道を開けた。

「おっ、一林斎どの。その肩はっ」

杉岡は一林斎が肩を押さえ、そこに血のしたたっているのに気づいた。一林斎はすでに、これから傷口の周辺を削ぎ落としても間に合わないことを覚っている。静かな口調で言った。

「ふふふ。とうとう、儂も咬まれてしもうた」

「一林斎どのっ」

杉岡は蒼ざめた。

「それよりも犬どもを早う焼却に……」

「心得た。佳奈どの、留、一林斎どのと他の患者たちを早う」

「は、はい」

八

杉岡兵庫の差配で神田川の川原に犬を焼く煙が立ち、霧生院ではすでに知らせる者がいたか、冴が患者たちを帰し、療治部屋と待合部屋を空けて待っていた。

自分で歩ける者、戸板に乗せられた者さまざまで、咬まれた者は一林斎と囲いの中にいた男とご新造風の女のほかに、七歳の女の子とその母親がいた。発端はこの母娘だったようだ。古着を物色しているところへいきなり病犬が現われて女の子に咬みつき、驚いた母親がその犬に組みついたらしい。

冠木門を入り、

「カカさまっ」

一林斎の腕を支え、髪をふり乱し泣き腫らした顔で言う佳奈に冴は、

「そなたは霧生院の娘です。うろたえてどうなりますか。さあ、皆さんの手当を」

といっても、傷口を焼酎で洗うだけである。冴は気丈にふるまっているが、目からあふれる涙はとめられない。このあとの事態が分かっているのだ。

咬まれた者たちは自宅に帰るのを拒んだ。不安なのだ。

留左が走り、夕刻前にはヤクシとロクジュ、トビタ、それに小泉忠介が駈けつけた。すでに霧生院には被害者の家族らが駈けつけている。

町内の者がつぎつぎと蒲団や水桶を持って来た。五人もの被害者が霧生院に寝込むとなれば、すべてが足りない。食事は向かいの一膳飯屋が受け持った。冴と佳奈は一林斎の床を居間に取ろうとしたが一林斎は拒んだ。他の被害者たちは、一林斎がそばにいるだけで安心できるのだ。

病犬の症状があらわれはじめたのは、人によって強弱はあるが翌日からだった。一林斎を含め、なにをするにも気だるく、しかも落ち着きがなくなる。

被害者の家族らが泊まりがけで看病に来ており、混乱しないように足曳きの藤次が終日霧生院に詰め、杉岡兵庫も心配してときどきのぞきに来た。お犬さまを三頭も叩き殺して一切事件にならなかったのは、杉岡の奔走に依るものだった。

三日目あたりから向かいの一膳飯屋が膳を運んで来ると、それを手で払いのけ、蹴り飛ばす者もいた。

「おまえさま」

「これが症状だ。一膳飯屋に言ってくれ、耐えてくれろ、と」

言う一林斎の声は嗄《か》れ、途切れ途切れだった。喉《のど》が痙攣《けいれん》し、なにも呑み込めなくなっているのだ。

さらに一夜が明けると、いずれもが水を見ただけで痙攣を起こしはじめた。それだけではない。

「ぎぇーっ」

膳の味噌汁をぶち撒け、椀を部屋の中に投げつける者がいた。最初に咬まれた七歳の娘だ。母親も一緒に掠《かす》れた声を上げ、膳を蹴っている。冴と佳奈、一膳飯屋のおかみさんに近所の女たちが数人がかりで母子を押さえつけた。

「ううう、仕方がない。これが、これが〝正常〟な症状なのだ」

一林斎は痙攣する喉で言う。冴も佳奈も、ただ耐えた。耐える以外ないのだ。

また一日が過ぎれば、凶暴性が大人の男にも女にも及んだ。留左が冴に言われ、博打仲間の屈強な男たちを数人呼んで来て、足曳きの藤次も加わりそれらを押さえつけた。明かり取りの障子はすでに蹴り壊されている。

一林斎が喉を痙攣させ、小刻みに震える手で留左を呼んだ。まだ凶暴性を帯びていないのは、ただ自制しようとする精神力によるものだった。

「先生よう」

留左は泣き声だった。

「儂が、儂が暴れ出したら、縄で縛れ。それでも暴れるなら、留、おまえと藤次で儂をねじ伏せろ」

「先生、先生よう」

周囲をはばからず、留左は泣いた。

冴も佳奈もそばにいる。涙はすでに涸《か》れている。

一林斎はさらに言った。

「あの母娘を、家に帰せ」

「はい」

冴は気丈に立ち上がり、母娘の親族を呼び、留左の連れて来た屈強な男もつけ、理《わ》由《け》を話して家に帰した。娘がきょうあすにも喉を激しく痙攣させて息を詰まらせ、死に至るであろうことを看て取ったのだ。すでに一緒におれば安心するなどの域は超えている。他の者にとって、同病者の死を看取るのは恐怖でしかない。

母娘の家から、母子ともども前後して息を引き取ったとの知らせがあったのは、その翌日だった。

江戸に舞い戻ったばかりの源六が、お忍びで見舞いに来た。小泉忠介が一緒だった。

「おぉお、源六、源六」

一林斎は喉だけでなく、手足も痙攣させている。

「一林斎、一林斎」

源六は一林斎の両手を握った。

すぐ横では、ふたたび凶暴性の出はじめた男の患者を、

「野郎！　おとなしくしろいっ」

「これっ、乱暴はいけませぬ」

佳奈にたしなめられながら、留左と屈強な男たちが押さえつける。

それらを見て、源六はまた言った。吐き捨てるような口調だった。

「人間を知らずして、なんぞ儒ぞ！　こんな政道、早う棺桶とともに埋めてしまえっ」

そのときだった。町内の男が冠木門に駆け込んで来た。

「日本橋の、日本橋の高札場にぃ、いま出たぁ」

息もたえだえに言う。

戌年《いぬどし》生まれの綱吉が生類憐みの令を布告したのは、子に恵まれようとしたためだっ

た。だが霊験はなかった。第六代将軍に就いたのは、甥の家宣《いえのぶ》（四十八歳）だった。家宣は新井白石《あらいはくせき》の影響を受け、就任と同時に綱吉の悪弊を絶つ算段だった。

療治部屋も待合部屋も、庭に立っている者たちも、一斉に男に注目した。

「生類憐みの令が、きょうより廃止だとよーっ」

「おおぉぉぉ」

霧生院は歓声に包まれた。

源六が一林斎の枕元にそれを報告した。一林斎の頬が、かすかにゆるんだ。

源六は言った。

「わしは、わしは人間を知った政道をするぞよ、一林斎。そなたのおかげぞっ」

一林斎はうなずいた。

「うおーっ」

叫びながら留左は冠木門を飛び出た。江戸中で病犬狩りが始まったのはこの日からだ。打ち殺し、刺し殺し、斬り殺した。なかには病犬でない犬もあった。だが、それは仕方のないことだった。

あちこちの広場や川原に、犬の死骸を焼く煙が上がり、深夜になっても消えず、翌日もまた翌々日もつづいた。

一林斎は、残り二名の被害者を自宅に連れ帰らせた。

「せ、せめて、死は家で、のう」

と、それらの死期を一林斎は看て取ったのだ。

その夜、留左とロクジュ、トビタが霧生院に泊まった。看病というより、一林斎に凶暴性の症状があらわれたときの備えだ。これほど辛い役務はない。

翌日、一林斎は小康を得ていた。だが、手足は喉とともにときおり発作のように痙攣をくり返している。

そのあいまに言った。

「冴、これまで、よーく護ったきたのう、源六と佳奈を」

「あぁぁ、トトさま。それを言わないで！」

佳奈は髪をかきむしり泣き伏した。

深夜である。寝床を居間に移していた。ときおり一林斎の喉が、苦しそうに乾ききった音を鳴らす。両脇に冴と佳奈が寝ている。待合部屋には留左にロクジュ、トビタが泊まり込んでいた。部屋には淡い行灯の火が灯っている。

「ウグググッ」

一林斎が不意に苦しそうな声を上げ、両手が暗い空を掻きはじめた。

冴と佳奈は跳ね起きた。

「おまえさま！」

「トトさまっ」

療治部屋と待合部屋からも留左とロクジュ、トビタが手燭《てしょく》を手に、

「先生！　嫌だぜ、死ぬなんざぁっ」

「組頭！」

走り込んで来た。

息絶えていた。正月二十六日未明のことである。一林斎の気力のおかげか、一度も縄もかけず押さえ込むこともなかったのが、せめてものさいわいだった。

向かいの一膳飯屋のおかみさんが駈けつけ、町中が起きた。

葬儀にも町中の者が泣き、吉宗こと源六も小泉忠介とともに秘かに参列した。

佳奈のあと、源六の焼香する姿に、冴は内心ホッとするものを得ていた。林斎は埋め鍼の秘術を、佳奈に伝えることなく逝ったのだ。

町の多くの者が、霧生院の庭に集まっていた。

「ご新造さまっ」

「佳奈お嬢！」

いずれもが嘆願する口調と表情だった。

「霧生院の木札、仕舞《しま》わねえでくだせえっ」

「療治処、つづけてくださいまし！」

それらの声に応じて縁側から庭に下り、

「つづけまする」

明確に、きりりと応えたのは、二十四歳の佳奈だった。

冴は居間に戻り、竜大夫の法要で和歌山へ発つとき、床下に埋めたままだった葵の脇差を、そっと掘り起こした。包みが厳重で、傷みも錆もなかった。

冴は脇差を抱きしめた。

隠密家族　日坂決戦

一〇〇字書評

切・り・取・り・線

購買動機（新聞、雑誌名を記入するか、あるいは○をつけてください）

□（　　　　　　　　　　　　　 ）の広告を見て	
□（　　　　　　　　　　　　　 ）の書評を見て	
□ 知人のすすめで	□ タイトルに惹かれて
□ カバーが良かったから	□ 内容が面白そうだから
□ 好きな作家だから	□ 好きな分野の本だから

・最近、最も感銘を受けた作品名をお書き下さい

・あなたのお好きな作家名をお書き下さい

・その他、ご要望がありましたらお書き下さい

住所	〒				
氏名		職業		年齢	
Eメール	※携帯には配信できません	新刊情報等のメール配信を 希望する・しない			

この本の感想を、編集部までお寄せいただけたらありがたく存じます。今後の企画の参考にさせていただきます。Eメールでも結構です。

いただいた「一〇〇字書評」は、新聞・雑誌等に紹介させていただくことがあります。その場合はお礼として特製図書カードを差し上げます。

前ページの原稿用紙に書評をお書きの上、切り取り、左記までお送り下さい。宛先の住所は不要です。

なお、ご記入いただいたお名前、ご住所等は、書評紹介の事前了解、謝礼のお届けのためだけに利用し、そのほかの目的のために利用することはありません。

〒一〇一‐八七〇一
祥伝社文庫編集長　坂口芳和
電話　〇三（三二六五）二〇八〇

祥伝社ホームページの「ブックレビュー」からも、書き込めます。
http://www.shodensha.co.jp/bookreview/

祥伝社文庫

隠密家族《おんみつかぞく》　日坂決戦《にっさかけっせん》

平成26年10月20日　初版第1刷発行

著　者　喜安幸夫《きやすゆきお》

発行者　竹内和芳

発行所　祥伝社《しょうでんしゃ》

東京都千代田区神田神保町3-3
〒101-8701
電話　03（3265）2081（販売部）
電話　03（3265）2080（編集部）
電話　03（3265）3622（業務部）
http://www.shodensha.co.jp/

印刷所　萩原印刷
製本所　関川製本
カバーフォーマットデザイン　中原達治

ISBN978-4-396-34075-9 C0193

祥伝社文庫の好評既刊

小杉健治

待伏せ

風烈廻り与力・青柳剣一郎⑩

剣一郎、絶体絶命!! 江戸中を恐怖に陥《おとしい》れた殺し屋で、かつて剣一郎が取り逃がした男との因縁の対決を描く!

小杉健治

まやかし

風烈廻り与力・青柳剣一郎⑪

市中に跋扈《ばっこ》する非道な押込み。探索命令を受けた剣一郎が、盗賊団に利用された侍と結んだ約束とは?

小杉健治

子隠し舟

風烈廻り与力・青柳剣一郎⑫

江戸で頻発する子どもの拐《かど》かし。犯人捕縛へ〝三河万歳《みかわまんざい》〟の太夫に目をつけた青柳剣一郎にも魔手が……。

小杉健治

追われ者

風烈廻り与力・青柳剣一郎⑬

ただ、〝生き延びる〟ため、非道な所業を繰り返す男とは? 追いつめる剣一郎の執念と執念がぶつかり合う。

小杉健治

詫び状

風烈廻り与力・青柳剣一郎⑭

押し込みに御家人・飯尾吉太郎《いいおきちたろう》の関与を疑う剣一郎。そんな中、倅《せがれ》の剣之助から文が届いて……。

小杉健治

向島心中

風烈廻り与力・青柳剣一郎⑮

剣一郎の命を受け、剣之助は鶴岡へ。哀しい男女の末路に秘められた、驚くべき陰謀とは?

祥伝社文庫の好評既刊

小杉健治

冬波《とうは》

風烈廻り与力・青柳剣一郎㉒

下手人は何を守ろうとしたのか？ 事件の真実に近づく苦しみを知った息子に、父・剣一郎は何を告げるのか？

小杉健治

朱刃《しゅじん》

風烈廻り与力・青柳剣一郎㉓

殺しや火付けも厭わぬ凶行を繰り返す、朱雀太郎。その秘密に迫った青柳父子の前に、思いがけない強敵が――。

小杉健治

白牙《びゃくが》

風烈廻り与力・青柳剣一郎㉔

蠟燭《ろうそく》問屋殺しの疑いがかけられた男。だがそこには驚くべき奸計が……。青柳父子は守るべき者を守りきれるのか!?

小杉健治

黒猿《くろましら》

風烈廻り与力・青柳剣一郎㉕

倅・剣之助が無罪と解き放った男に新たに付け火の容疑が。与力の誇りをかけて、父・剣一郎が真実に迫る！

小杉健治

青不動

風烈廻り与力・青柳剣一郎㉖

札差の妻の切なる想いに応え、探索に乗り出す剣一郎。しかし、それを阻むように息つく暇もなく刺客が現れる！

小杉健治

花さがし

風烈廻り与力・青柳剣一郎㉗

少女を庇《かば》い、記憶を失った男に迫る怪しき影。男が見つめていた藤の花に秘められた想いとは……剣一郎奔走す！